500 CHISTES DE ANTAÑO

ANTOLOGÍA DE AGUDEZAS, CHISTES, BROMAS Y HUMOR DE ANTAÑO

Recopilado y editado
por el célebre crítico literario
JUAN BAUTISTA BERGUA
y **J. GARCÍA MERCADAL**

Colección La Crítica Literaria
www.LaCriticaLiteraria.com

Copyright del texto: ©2011 Ediciones Ibéricas
Ediciones Ibéricas - Clásicos Bergua - Librería Editorial Bergua
Madrid (España)

Copyright de esta edición: ©2011 LaCriticaLiteraria.com
Colección La Crítica Literaria
www.LaCriticaLiteraria.com
ISBN: 978-84-7083-954-2

Imagen de la portada: Hieronymus Bosch (1450-1516), "The Garden of
Earthly Delights"

Libro original: "500 Agudezas Infantiles" de la Librería Bergua, Juan
Bautista Bergua, Ediciones Ibéricas, 1935

Ediciones Ibéricas - LaCriticaLiteraria.com
Calle Ferraz, 26
28008 Madrid
www.EdicionesIbericas.es
www.LaCriticaLiteraria.com

Impreso por LSI (Internacional) y SAFEKAT S.L. (España)

ÍNDICE

500 CHISTES DE ANTAÑO

ANTOLOGÍA DE AGUDEZAS, CHISTES, BROMAS Y HUMOR DE ANTAÑO

1.—El frío

En una cruda mañana de invierno preguntaba un profesor a uno de sus discípulos cuál era la palabra latina para decir "frío". Como viese el maestro que el niño vacilaba, le dijo:

—¿Cómo es eso? ¿No lo sabe usted?

—Sí, señor, sí—respondió el muchacho—. Si lo tengo en la punta de los dedos.

2.—Los manguitos

—Es cruel—decía una señora a su hija—que se maten tantos animales para aprovechar sus pieles. Ya ves, treinta y seis ardillas ha habido que matar para que nosotras llevemos estos manguitos.

¿Y por qué no les quitan la piel sin matarlas? exclamó la muchacha.

3.—La forma de Italia

Un caballero explicaba a su hijo los límites de Italia y, según es cosa corriente, hízole notar que la nación italiana tiene la forma de una bota de montar a caballo.

—Bueno—dijo el muchacho—,si llego a ser un hombre, no dejaré de poner el pie en esa bota.

4.—El sermón del obispo

Una niña que se hallaba en la iglesia, junto a su madre, en ocasión en que estaba predicando un obispo famoso, murmuró al oído de su mamá:

—Vámonos; estoy cansada.

—Todavía no—repuso la madre—; espera un poco.

El orador continuó predicando, predicando, por lo que la niña, cada vez más fatigada y deseando salir al aire libre, insistió:

—Vámonos, mamá.

—¡Cállate!—respondió ésta—. Pronto terminará; tal vez antes de dos minutos.

La respuesta de la madre agotó la paciencia de la hija, y las lágrimas corrieron por sus mejillas. En aquel preciso instante el señor obispo interrumpió brevemente su oración sagrada, silencio que aprovechó la niña para decir a su madre, entre sollozos:

—¡No termina, mamá! ¡Se ha parado, sí; pero es para tomar carrerilla!

5.—El perdón

Un maestro, que había disertado en clase acerca del perdón, preguntó a uno de sus discípulos:
—¿Perdonarías a los que te hubieran insultado o golpeado?
El muchacho respondió con lentitud:
—Creo que los perdonaría... Pero... —añadió con más rapidez— si eran mayores que yo.

6.—Lo importante

Sentíase una niña feliz y orgullosa porque la acababan de hacer un abrigo de terciopelo. Cierto día en que estaba hablando de sus vestidos, de lo bien que la sentaban y de lo elegantes que eran, la madre, con objeto de humillar su orgullo, le dijo:
—¿No sabes que hay cosas mucho más importantes para hablar de ellas, que no de los vestidos?
La niña respondió al punto:
—Sí, mamá; mi abrigo de terciopelo.

7.—Los pantalones

Un bañista, sacando la cabeza por la puerta entreabierta de la caseta.— ¿Y mis pantalones, que no los veo por ninguna parte?
El muchacho, hijo del bañista, después de mirar alrededor suyo.— ¿Está usted seguro de haberlos traído?

8.—Un trato

—Mamá—dice una preciosa niña de cuatro años—, deseo hacer un trato contigo.
—¿Qué es ello?—pregunta la madre.
—Si me das todos los días dulce de ciruelas, no diré a nadie que guardas tu moño en el armario.

9.—El pecador

—¿Qué es esto?—pregunta un maestro, mostrando a los niños un grabado que representa un pecador asido a una cruz en medio de las encrespadas olas del Océano.
Los niños contestan a coro:
—¡Robinsón Crusoe!

10.—El "amén" del cura

Un sacerdote hace una interminable petición a cierta dama de su amistad. La niña de ésta, que se halla presente, inquieta por la larga peroración del visitante, dice al oído de su madre:

—¿Cuándo dice el Amén este cura?

11.—La paloma del arca

El maestro.—¿Qué ave soltó Noé del arca?
El más pequeño de la clase, después de una pausa.—Una paloma.
El maestro.—¡Muy bien! Pero yo pensaba que lo sabría alguno de los mayores.
Uno de los mayores—¡Ese niño lo sabe porque su papá es cazador!

12.—La cucharilla

En un paseo público se ha formado un grupo de niños, entre seis y ocho años, que pasan el tiempo contándose unos a otros los regalos que sus padres les han hecho.

—A mí, mi papá me ha comprado una pelota— dice un niño moreno.
—A mí, mi mamá una muñeca—interrumpe una niña de rubias trenzas.
—A mí, mi papá, un barco—grita un marinerito del "Pelayo".
—Pues a mí—añade una niña de cuatro años—, mi papá, que vino ayer de Pamplona, me ha traído una cucharilla que dice: "Fonda de la estación."

13.—La tarta

—Nunca dejes para mañana lo que puedes hacer hoy—dice una madre a su niño. A lo que éste responde:
—Está bien, mamá. Entonces, vamos a comernos la tarta que has guardado en el armario.

14.—Un parecido

—¿En qué se parece este cortaplumas a su dueño?—pregunta una señora en una reunión familiar.

Todas piensan inútilmente en qué puede consistir la semejanza, hasta que una niña, que ha permanecido sentada en un rincón, se levanta, examina el cortaplumas y dice:

—Tal vez se parezca en lo sucio que está.

15.—La limosna

Un pobre muchacho pide limosna a una dama, y ésta le contesta:
—¡Perdona, por Dios; no llevo moneda de cobre!
—También tomo las de plata—contesta el rapaz.

16.—La capital de Holanda

La directora de cierto colegio entra en una de las clases y pregunta a una niña:
—¿Cuál es la capital de Holanda?
—-La "H", señora.

17.—El pobre

—Papá—dice el niño—,ahí fuera hay un pobre que daría cualquier cosa por verte.
—¿Quién?
—Un ciego.

18.—Las piernas del pianista

Un celebrado pianista que tenía dos hijas, una de diez y nueve años y otra de ocho, quedó cojo en un accidente ferroviario. Algún tiempo después sus compañeros de profesión organizaron para él un beneficio que valió al artista varios miles de pesetas. Esta suma, nada despreciable, sirvió para dote de la hija mayor.

Unos días después de la boda entró la segunda hija en la habitación donde se hallaba su padre, y le dijo:
—Papá, cuando yo sea mayor te romperás la otra pierna, ¿verdad?

19.—El hermanito muerto

Un sacerdote encuentra a un muchacho en la cuneta de una carretera, llorando amargamente.
—¿Por qué lloras, hijo mío?—le pregunta aquél.
—Porque ha muerto mi hermanito.
—No te apures, ni llores—le dice el buen señor, con ánimo de consolarle—; tu hermanito seguramente está en el cielo.
—Sí, señor—replica el muchacho sollozando—; pero ¿qué va a hacer allí, siendo tan vergonzoso y no conociendo a nadie?

20.—Juanita

—¿Sabes ya leer, Juanita?

—¡Ya lo creo! Sé leer, sé geografía, sé historia... y tengo dos muelas.

21.—El de las piernas cortas

A un caballero, que es muy corto de piernas, le dice un rapazuelo:

—¡Qué lástima! Sería usted un buen mozo si no le hubieran doblado el extremo de las piernas para hacerle los pies.

22.—El sueño de los peces

—¿Duermen los peces alguna vez?—pregunta una muchachita a su hermano, a orillas del Guadiana.

—Creo que sí, porque dicen que están en el lecho del río.

23.—El ejemplo del reloj

Un sacerdote, platicando en un colegio, trata de inculcar a sus discípulos la doctrina de que los corazones de los niños deben regularizarse para no pecar, puesto que todos somos pecadores. Para ponerles un ejemplo que les haga comprender mejor sus palabras, saca el reloj y dice:

—Aquí está mi reloj. Tan pronto adelanta como atrasa. ¿Qué debo hacer con él?

—Venderlo—exclama un rapazuelo.

24.—La hija del comerciante

—¡Señora, una limosna por amor de Dios!

—¿Cómo es, niña, que pides limosna? ¿No me dijiste hace una semana que tu padre era comerciante?

—Sí, señora; mi padre tenía un puesto de castañas en la calle, pero se declaró en quiebra por haber cambiado un duro que resultó falso.

25.—Antes de todo

El maestro—Si tuviera usted que escribirle a un amigo, ¿qué es lo que debería poner antes de todo?

El muchacho, después de recapacitar.—¡El preámbulo!

26.—Jugando a mayores

Dos niños de ambos sexos se encuentran jugando. La niña dice:
—Yo soy tu mujer, cojo la muñeca, voy adonde tu estas y te digo: "¡Mira qué mona es nuestra hija!"
—Y yo—contesta el muchacho—te respondo: "No me marees, mujer, que estoy leyendo el periódico!"

27.—Los cuernos de la vaca

Un niño de cuatro años marchó con su madre a visitar a su abuelita, que vivía en una casa de campo. Allí, por la primera vez en su vida, pudo ver de cerca una vaca, estuvo durante largo rato contemplando cómo la ordeñaba un criado, y abrumó a éste con un sin fin de preguntas, aprendiendo, entre otras cosas, que aquellas especies de ramas que la vaca llevaba en la cabeza se llamaban "cuernos".
Algunos días después de obtener tal información, oyó el muchachito un sonido para él extraño, y salió de la casa de campo, precipitadamente, para ayeriguar la causa que lo produjera. A los pocos minutos regresó maravillado y contento, exclamando:
—¡Mamá, sal; la vaca está tocando su cuerno!

28.—Los céntimos

—¿Quieres abrir una perra chica, papá?—pregunta una niña de corta edad al volver de clase.
—¿Para qué quieres que haga tal cosa?—inquiere su padre.
—Para ver si, como dice la maestra, están dentro los cinco céntimos.

29.—La política

El padre.—¡Otra mentira! Pero, hijo mío, con lo embustero que eres, ¿a qué piensas dedicarte cuando seas mayor?
El hijo.—A la política, papá.

30.—La hora de acostarse

—Las niñas de siete años se acuestan a las siete; las de ocho años, a las ocho...
—¡Entonces, mamaíta, tú no te acuestas nunca!

31.—El trozo de Gruyere

A los postres pide Juanito queso de Gruyere. Su madre le da un pedazo y otro a su hermanita, mas el niño, en vez de mostrarse satisfecho, se echa a llorar.

—¿Qué tienes?—le pregunta su madre—.¿Por qué lloras?

—Porque el pedazo de mi hermana tiene más agujeros que el mío.

32.—La mayor ganancia

—Si me das un beso, te doy diez céntimos.

—No, muchas gracias—responde la niña—Gano mas tomando el aceite de hígado de bacalao.

33.—Para crecer

Un chico desaparece de su casa.

Se le busca, y por fin lo encuentran en el jardín, descalzo y con los pies metidos en la arena, de pie, serio, erguido, inmóvil.

—¿Qué haces aquí, Jacinto?

—Me he plantado para crecer.

34.—Comida de cumpldo

Mientras ha durado la comida, muy cuidada, el invitado no ha escatimado elogios acerca de la cocina de sus huéspedes.

—¡Qué comida tan exquisita! Pocas veces he comido tan bien.

Entonces, la niña de la casa, de unos seis años, exclama:

—¡Y nosotros tampoco!

35.—La primera en cálculo

Dos niñas ven pasar a una compañera de colegio, más pequeña que ellas, que cruza por la calle de la mano de su mamá:

—Ahí la tienes—dice una de ellas—, tan pequeña y es la primera en clase de cálculo.

A lo cual responde la otra:

—¡Cómo quieres que no lo sea, si su padre es general de división!

36.—Los gemelos

La mamá de Luisito, muchacho de tres años y medio, acaba de obsequiarle con una pareja de lindos gemelos.

Luisito se aproxima a la cuna donde sus hermanitos duermen y, acordándose del fin que la semana anterior tuvo un gatito de los dos que tuvo la gata de una vecina, pregunta:

—Dime, mamá, ¿cuál ahogarán?

37.—De medio luto

Una niña, oyendo que su madre ha dicho a otra señora que iba a vestirse de medio luto, interroga:

—¿Es acaso que alguno de nuestros parientes está medio muerto?

38.—Los pavos

Federico dice a su madre:

—Yo quisiera mejor ser un pavo salvaje y vivir en las praderas, que no ser pavo de corral, y que me tuvieran que matar todos los años.

39.—Las fresas y el mantel

—Ten cuidado, Angelita, y no eches las fresas sobre el mantel.

La niña dice, inocentemente, de modo que la oyen los invitados:

—¡Pero si no es un mantel, si es una sábana!

40.—Los carniceros

—¿Mamá—preguntaba José Luis, un niño rubio, de cuatro años—, por qué cazan a los tigres y a los leones?

—Porque matan a los pobres corderitos—respondió la madre.

José Luis, después de un momento de reflexión:

—Entonces... ¿por qué no matan a los carniceros?

41.—El ángel de la Guarda

—¿Es cierto, mamá, como dice papá, que los ángeles de la Guarda están siempre al lado de las niñas?

—Sí.

—Pues, algunas veces, preferiría que me dejasen sola.

42.—El hijo del cantante

El hijo de un célebre cantante hebreo, en la edad de cinco años tenía, además de una voz encantadora, maravillosas aptitudes para la música. En una reunión, un amigo de su padre suplicó al niño cantase, mas éste se negó a hacerlo si no se le remuneraba por ello.

—Bien—díjole el caballero—, ¿y cuánto pides por una canción?

—Dos reales—respondió el muchachito.

—¿Y no podrías hacerlo más barato?

—No puedo llevar menos por una canción. Si quiere usted que cante tres, lo haré por una peseta.

43.—La niña desmemoriada

Una maestra a una niña de doce años, perteneciente a una familia modesta y que hace pocos meses que va a la escuela. —¿Quién la ha hecho a usted?

La niña.—No lo sé.

La maestra.—¡Debiera usted sentirse avergonzada de no saberlo! ¡Tener doce años y no saber quién la ha hecho! Ahí tiene usted a Rosita López, que tiene cuatro años, ¿a que sabe quién la ha hecho? ¡Vamos a ver, Rosita! ¿Quién la hizo a usted?

Rosita.—¡Dios!

La maestra.—¡Ya sabía yo que lo recordaría!

La otra niña—¡Es claro! ¡Lo sabe porque hace mucho menos tiempo que la han hecho!

44.—El último de la clase

—¿También eres el último este mes? ¿Sabes que a tu edad Napoleón era el primero de la clase?

—Sí, papá, y que a la tuya era emperador.

45.—Honorablemente

—Ahora, Conchita, debes partir honorablemente ese bollo con tu hermano.

—¿Qué quiere decir honorablemente?—pregunta la niña.

—Que debes darle el trozo mayor.

—Entonces, mamá, prefiero que lo parta él.

46.—El mordisco de Adán

—¿Por qué mordió Adán la manzana?—preguntó el maestro al hijo de un labrador.
—Porque no tenía cuchillo.

47.—La fiebre

—Papá, ¿puede una persona coger una cosa si no corre tras ella?
—Ciertamente que no.
—Entonces, ¿cómo has hecho para coger la fiebre?

48.—El botón

La pequeña María viene corriendo hacia donde se encuentra su tía, y le dice:
—¡Tía Juana, Pepita se ha tragado un botón!
Su tía, viendo el terror reflejado en el semblante de Mariíta, la dice, por quitar importancia al accidente:
—¡Ya ves! ¿Qué bien ha de hacerle ese botón?
—Ninguno—dice la niña, reflexivamente— ¿De que puede servirle? ¡Como no se trague un ojal !

49.—De exámenes

El profesor de geografía pregunta a un alumno:
—¿Se mueve la tierra?
—¡Vaya, y con mucho garbo!
—¿Quién le imprime el movimiento?
—La gente.
—¿Y de noche, cuando todos duermen?
—Los serenos.
—Aprobado.

50.—El sueño

Una niña dice a su madre, en tono de reproche:
—Mamá, siempre me mandas a la cama cuando no tengo sueño; en cambio, haces que me levante cuando lo tengo.

51.—Lo que preocupa

—¿Te preocupa mi pregunta?—dice Rosa a su hijo.
A lo que el niño responde:
—No, mamá; lo que me preocupa es la respuesta.

52.—Las pipas

Los lloros de Angelito, niño de dos años, interrumpen al abuelo, que no lejos de sus nietos escribe.
—Ven aquí, Luisita. ¿Has dado a tu hermano un poco de manzana?
—Sí, abuelito—contesta Luisita, que tiene dos años más que su hermano.
—¿Qué parte le has dado?
—Las pipas. Así puede plantarlas, y dentro de algún tiempo hartarse de manzanas.

53.—La fe

Una maestra sale al campo de paseo con sus alumnas, y, en uno de los descansos, trata de explicarles lo que significa la palabra "fe". Cuando se halla reflexionando acerca de la forma más comprensible de hacerlo, acierta a pasar por allí un carro. Aprovechando la oportunidad dice a sus discípulas:
—Si yo os dijera que dentro de ese carro hay un jamón en dulce, ¿lo creeríais?
—Sí, señora—replican las colegialas.
—¡Bien! Pues eso es fe.
Al día siguiente, para probar si recordaban la lección, preguntó:
—¿Qué es fe?
—Un jamón en dulce en un carro—respondieron a grito pelado desde todos los rincones de la clase.

54.—El reparto de la empanada

—¡Fulano!—dice el examinador—. Si yo tengo una empanada y tengo que dar tres doceavos a Enrique, otros tres a Juan y debo quedarme con la mitad para mí, ¿qué quedará?
—¡El plato!—grita el muchacho.

55.—Madre laboriosa

Una pequeñuela testifica, inconscientemente, el excesivo trabajo que realiza su madre al ser preguntada:

—¿Tiene tu mamá los cabellos grises?

—No lo sé. Como es mucho más alta que yo y no se sienta nunca, no he podido vérselos.

56.—Las estrellas

Un niño se halla cierta noche asomado al balcón, y pregunta a su padre:

—¿Qué son aquellas lucecitas que hay en el cielo? ¿Son gotas de sol?

57.—La luna

Pepita se acerca preocupada a su abuelito y le pregunta:

—¿Es cierto lo que dice tía Pilar?

—¿Qué es lo que dice tía Pilar?—replica el abuelo.

—Dice que la luna es un queso, y yo creo que no lo es, porque la Historia Sagrada dice que la luna fue hecha antes que las vacas.

58.—El alumno preparado

Un maestro amonesta a un discípulo, por desaplicado, y le dice:

—Señor Pérez, mañana volveré a preguntarle la lección. Venga bien preparado, pues, si no la sabe, apreciarán sus espaldas los efectos de mi correa.

Al siguiente día, Pérez vuelve a ser preguntado, con tan malo o peor resultado. El maestro, haciendo honor a su palabra, le propina un correazo. De la chaqueta del muchacho se desprende una nube de polvo, y Pérez se queda como si el maestro le hubiera hecho una caricia. En vista de esto, el pedagogo ordena al discípulo que se quite la chaqueta, y una vez que lo ha hecho, vuelve a dejar caer la correa sobre la espalda de Pérez, con no mayor efecto.

—¡Quítese usted el chaleco y la camisa!—ordena el maestro.

Al hacerlo, cae al suelo un bacalao seco que el muchacho se había colocado bajo la camisa, a modo de coraza.

—¿Qué significa esto, señor Pérez?—pregunta el maestro.

—Usted me dijo ayer que viniera bien preparado, y he venido lo mejor que he podido.

59.—La charlatana

Una pequeñuela, cuando algún convidado toma asiento en la mesa, aprovecha la primera pausa de la conversación para charlar como una cotorra.

Su padre la reprende, diciéndola:

—¿Cómo es que charlas tanto?

—Porque siempre tengo alguna cosa que decir-

—responde la niña, inocentemente.

60.—El crítico incipiente

Contemplando un grupo escultórico de mármol que representa un anciano con un niño en brazos, que está tirándole de las barbas, exclama un pequeñuelo:

—Oye, mamá, ¿por qué pone el viejo ese gesto de dolor, si no pueden hacerle daño, puesto que es de piedra?

61.—La ambiciosa

Una niña vivaracha dice a sus abuelos el día de su cumpleaños:

—La muñeca que me habéis enviado es muy linda, pero yo creí que este año me ibais a regalar unas mellizas.

62.—El aplicado

—¿Te gusta ir al colegio?—pregunta un caballero a un niño.

Este le responde:

—Me gusta ir; lo que no me gusta es entrar.

63.—El ahorro

A una pequeñuela la inculcan sus padres el ahorro diciéndola que debe guardar el dinero que pueda para contribuir a sufragar los gastos que ha de originar la edificación de una iglesia.

Cierto día oye un amiguito de labios de la niña su deseo de comprarse un canario, y le dice:

—Pues eso, fácilmente puedes hacerlo con tus ahorros.

—¡Oh, sí!—responde la niña—; pero yo no puedo comprarme nada, mientras lleve la iglesia sobre mis hombros.

64.—El cobarde ambicioso

Un muchacho que no tiene tanto valor como ambición, dice:
—Me gustaría ser general, pero no me gustaría ir al frente de batalla.
Este niño presentía a los generales de salón.

65.—El agujero

Cierta maestra preguntó a una diminuta discípula:
—¿Qué nación está opuesta en el globo a la nuestra?
—No lo sé.
—Suponte—dice la maestra—que yo hiciera un agujero que atravesara la tierra, y que tú te metieras dentro de él. ¿Adónde saldrías?
La niña, con aire de triunfo, responde:
—Saldría fuera del agujero.

66.—El cazador suicida

Pasando un cazador con su escopeta en bandolera, fue interrogado por un precoz golfillo:
—¿Quién ha matado el perro?
A lo que respondió el cazador, malhumorado:
—¡Si no te apartas de mi vista, lo que mato es un pollino!
El muchacho, volviéndose a un compañero, replica:
—¡Oye, Julián; aquí tienes un hombre que va a suicidarse!

67.—La viudita

—Mamá—dice una niña de diez años—, yo no me casaré nunca. Pienso ser viuda.
—¿Cómo es eso?
—Porque a las viudas les sienta muy bien el luto, y, además, parecen tan dichosas...

68—El replicón

Un padre, indignado con su hijo porque tiene la costumbre de replicarle, le dice:
—¡Recuerda que estás hablando con tu padre!
A lo que responde el muchacho:
—¡Supongo que no me vas a reñir también por eso!

69.—La perra partida

Un caballero, al marcharse de visitar a unos amigos, entrega a un niño una moneda de diez céntimos, diciéndole:

—Con la mitad compras una naranja, y con la otra mitad un merengue.

—¿Y quién la parte?—preguntó el chico.

70.—Los bizcochos

Un amigo recibe unos huéspedes que no espera, y, como es la hora del desayuno y no hay en la casa suficientes bizcochos para todos, advierte a sus dos hijos pequeños que no pidan bizcochos cuando saquen el chocolate.

Cuando ya se hallan todos desayunando, advierte el mayorcito que su hermano no toma el desayuno y que está malhumorado, y le dice:

—¿Qué es eso, Paquito, también a ti te ha dicho papá que no pidas bizcochos?

71.—Una equivocación

La abuelita dice a la nieta:

—No debes decir a nadie que miente, sino que se equivoca.

Pasados algunos días, y para distraerla, la abuela cuenta una noche a la niña una historieta bastante inverosímil. La niña se queda mirando a la abuelita, y exclama:

—¡Es la mayor equivocación que he oído en mi vida!

72.—El tacto del ciego

—¿Cómo adquiere el tacto el ciego?—preguntan a un niño.

—Rompiéndose la crisma—contesta.

73.—Cortezas de pan

La niña Felisa, mientras come, va dejando muchas cortezas de pan sobre el plato. Su padre le dice severamente:

—Eso no se hace. Cuando yo era Pequeño no me dejaba nunca las cortezas del pan.

—¿Te gustaban?

—Claro.

—Pues bien, toma, acábate éstas. Te las doy.

74.—El pequeño fumador

—¡Cómo tú fumando, Jorge!—exclama la madre al sorprenderle en la calle, con un cigarrillo en la boca.

—No, mamá; no hago más que guardarlo encendido para otro niño.

75.—Sinceridad terrible

Había convidados a comer. La mesa estaba admirablemente puesta, y todos los comensales se hallaban sumamente satisfechos del espléndido menú, cuando, inesperadamente, exclama la niña más pequeña de la casa:

—¡Mamá!, ¿por qué no comemos así cuando no hay invitados?

76.—Las botas

A un hijo de familia modesta que ha ganado varios premios, le dice un caballero:

—¡Bravo, muchacho, te has puesto las botas!

—Sí, señor—responde el práctico estudiante—, y pronto tendré que pagármelas.

77.—La estación del Paraíso

—¿Mamá—pregunta una niña—, en qué estación del año estaban Adán y Eva en el Paraíso?

—No lo sé—contesta la madre, sorprendida por semejante pregunta—; tal vez estuvieran en perpetuo verano.

—¡Oh, no! Debía ser otoño, porque estaban ya maduras las manzanas.

78.—El que quería ser cura

Interrogado un niño acerca de su porvenir, exclamó:

—¡Me gustaría ser cura!

Y al ser preguntado por qué, repuso:

—.Porque, con las bodas, tendría muchos ramilletes.

79.—La muerte del gato

Una niña, a la que se le había muerto un gatito por el que sentía gran cariño, preguntó a su madre: — Di, mamá, ¿habrá ido el pobre "Minino" al cielo?

—No, hija mía.

—¿Por qué no?

—Porque los gatos no pueden ir al cielo.

—Ya comprendo por qué: porque arañarían a los ángeles.

80.—La Venus de Milo

En la galería de un museo, ante una reproducción de la célebre Venus de Milo.

Pepito.—¿Por qué le han cortado los brazos?

Su hermano.—Por meter las manos en el azucarero.

81.—Los cordones

Una pequeñuela penetra en una zapatería y pide unos cordones para las botas.

El dependiente le pregunta:

—¿De qué longitud los quiere?

—Los quiero que duren—responde la niña, rápidamente.

82.—Un observador

Un pequeñín decía en cierta ocasión, refiriéndose a los padrastros:

—Yo no quiero a esos papás nuevos que dan azotes a los niños de los papás viejos.

83.—Castigo por omisión

—Mamá, ¿debe la maestra castigarme por cosas que no he hecho?

—No, hija mía. ¿Por qué me lo preguntas?

—Porque hoy me ha castigado por no haber hecho mi suma.

84.—El niño práctico

Tomás, muchachito práctico, deseoso de probar las cosas que lee, pregunta a su madre:

—Mamá, ¿crees tú que nuestro perro de Terranova salvaría la vida de una niña que se cayera al agua?

—Yo creo que sí—responde la madre.

—Entonces—grita el niño, lleno de júbilo—, vamos a tirar a mi hermanita al río.

85.—En una pastelería

El tío.—¡Ya estoy de vuelta! ¿Estás listo, Pepito?

El sobrino—Sí, señor.

El tío—¿Qué es lo que has tomado? Voy a pagarlo.

El dependiente.—Tres pasteles, dos merengues, cinco yemas, una ensaimada y...

El tio.—¡Cielos! ¿Pero no estás enfermo?

El sobrino.—No; lo que tengo es sed.

86.—El caso es ir

—Papá, nunca vamos al teatro como van mis amiguitas.

—Ya iremos algún día; las gentes no van al teatro de luto.

—¡Pues llévame de color!

87—El hijo del pintor

—¿Para qué pinta papá durante todo el día?

—Para que tú comas, hijo mío.

—¿Y fuma también tanto para que yo coma mamá?

88.—La luna y Júpiter

Una niña se halla asomada a una ventana, cierta tarde, y desde su observatorio descubre la luna y, junto a ella, el planeta Júpiter.

Después de contemplarlos durante unos instantes, llama a su madre y le dice:

—Mira, mamá, mira; ¡la luna ha puesto un huevo!

89.—El becerro de oro

—¿Puede usted decirme—pregunta la maestra a una niña—por qué hicieron los israelitas un becerro de oro?

—Porque no tenían oro bastante para hacer una vaca—fue la respuesta.

90.—El aprendiz

—Bien, muchacho—decía un herrero a su aprendiz—, hace tres meses que estás a mi lado, y has visto ya cuanto se relaciona con este oficio. Ahora quiero darte a elegir, para ver la maña que te das, entre las faenas que hemos hecho. ¿Qué es lo que más te gusta?

Y el aprendiz repuso:

—Cerrar el taller y marcharme a casa.

91.—Una infeliz

Una preciosa chiquilla le confiesa a su madre que Periquito, su novio, le ha dado un beso en la mejilla.

—¿Y tú qué es lo que has hecho?—pregunta la madre, indignada.

—Yo—responde—, ¿para qué voy a contarte un cuento?... Le he puesto la otra mejilla.

92.—La composición del mundo

Un maestro pregunta a un discípulo:

—¿De qué está formada la superficie del mundo?

—De tierra y agua—responde.

Varió ligeramente la pregunta el maestro, para que los discípulos lo retuvieran con más facilidad, y volvió a preguntar:

—Entonces, ¿qué es lo que forman la tierra y el agua?

—Barro—fue la respuesta inmediata.

93.—Precocidad

Dos lindas muchachitas, que entre ambas no reunían una docena de años, fueron sorprendidas conversando de sus esperanzas para lo futuro.

—Dicen—observó la mayor, con una sonrisa complaciente—que tú y yo somos las niñas más bonitas del colegio.

—¡Ah!—interrumpió la mamá—; pero tú perderás tu hermosura, porque las caras bonitas se vuelven feas cuando se llega a la vejez.

—¿Eso dices?—exclamó la más pequeña, con una mirada mezcla de sorpresa y desengaño; pero, recapacitando veloz, volvió la sonrisa a sus labios y, acercándose a su compañera, murmuró a su oído con evidente aire de triunfo: _—¡No importa! Nosotras nos casaremos siendo jóvenes, y así no podrán despreciarnos cuando nos volvamos feas.

94.—Niño aplicado

Un muchacho le dice a otro en tono de júbilo:

—¡Mira lo que acabo de comprar; dos cocos por una peseta! Me los comeré, y, como seguramente me harán daño, mañana no tendré que ir al colegio.

95.—Otra infeliz

Los señores de X recordaban los incidentes relacionados con su matrimonio: el banquete, los brindis, los innumerables convidados y la alegría general.

—¿Os divertisteis mucho?—preguntó la pequeña Fanny.

—Mucho—respondió la mamá.

Fanny, entonces, rompió a llorar amargamente y, entre lágrimas y sollozos, balbuceó:

—¡Bien podían haberme avisado!

96.—Después del castigo

La abuelita, que acaba de presenciar cómo su hija ha castigado a Miguelito, le dice a éste:

—Ya sabes que a mamá la duele más que a ti el castigarte.

—¡Oh, sí!—contesta el niño—, ya lo sé; siempre la oigo decir que se hace daño en las manos.

97.—El primer arquitecto

—¿Quién edificó la primera casa?—pregunta la maestra a una listísima niña.

—No lo sé, señora; pero supongo que fue Noé.

—¿Por qué supone usted que fue él?

—Porque he leído que fue el primer arquitecto.

98. —La hora

Un viajante, hallándose con el reloj parado en un pueblo adonde no había llegado lo de la división del horario en veinticuatro horas, le preguntó a un muchado:

—¿Qué hora es?

—Las doce, señor.

—Está bien, creí que serian más de las doce.

—Aquí, señor, nunca son más de las doce; cuando dan las doce, comienza otra vez la una.

99.—Uso del pan

En los exámenes de una escuela pública fue preguntada una niña:

—¿Cuál es el principal uso que se hace del pan?

A lo que replicó con viveza:
—El de untarlo con manteca.

100.—El niño galante

Un niño, cuya hermanita estaba acostumbrada a que la sirvieran primero que a él, siempre que se trataba de servirles el postre, es llamado por su madre para tomar el baño antes que su hermana.

El chico, que tiene poco afición al agua, dice, en tono de refinada galantería:
—Las señoras primero.

101.—La nariz

Un caballero que habia sufrido la amputación de la nariz, fue invitado a tomar el té en casa de unos amigos. La madre, previsora, ordenó a Luisita, preciosa niña de cinco años, que se guardara muy bien de hacer alusión a la nariz del invitado. Sentáronse a la mesa, y todo marchaba a las mil maravillas. La niña, a la que su madre no quitaba ojo, no dejaba de mirar al huésped y parecía estar hondamente preocupada. De repente dijo:
—Mamá, ¿por qué me has dicho que no dijese nada de la nariz de este caballero, si no tiene?

102.—El tonto

Un molinero de un pueblo encontróse con un zagalote a quien todos los vecinos llamaban "el tonto".
—Jorge—le preguntó, con ánimo de reírse de él—, ¿eres un idiota?
—Sí, señor—contestó el muchacho—; todo el mundo lo dice; hay cosas que sé y cosas que no sé.
—¿Y qué cosas son las que sabes?
—Sé que los molineros crían los cerdos muy gordos.
—¿Y qué es lo que no sabes?—interrogó de nuevo el molinero.
—Lo que no sé—replicó el muchacho—es de quién es el pienso que les dan.

103.—La miedosa

Una chiquilla de cinco años dijo a su madre, a tiempo que ésta la acostaba:
—Yo no me asusto de la oscuridad.

—¡Claro que no! La oscuridad no puede causarte daño alguno—observó la madre.

—Pero una vez que entré en la despensa para coger un bollo, tuve un poco de miedo.

—¿Y de qué tenías miedo?—preguntó la madre.

—Tenía miedo de no encontrar los bollos—respondió la niña.

104.—El niño goloso

La madre de un travieso muchacho puso diversas clases de frutas en conserva, y en cada tarro pegó una etiqueta con indicación de la clase de frutos que contenía, más el siguiente rótulo: "Conservadas por María Ruiz."

El muchacho descubrió un día el sitio donde su madre había guardado los tarros, y, ni corto ni perezoso, comióse el contenido de uno de ellos, poniendo, en lugar del rótulo que escribiera su madre, otro que decía: "Desconservado por Juan Fernández."

105.—Razón que convence

Una niña había estado jugando en la calle hasta que, completamente cubierta de polvo, trató de lavarse, pero no empleó agua suficiente para ello y no pudo conseguir que sus bracitos quedasen libres de barro.

En tal apuro acudió a su hermano, un poco mayor que ella, para que le diera la solución de aquel misterio. El hermano la sacó de dudas al punto, diciéndole:

—No sigas lavándote. ¿No comprendes que estás hecha de barro, y que si persistes en lavarte vas a quedar reducida a la nada?

Esta opinión, viniendo de un hermano mayor, fue decisiva, y la niña cesó en su empeño de quitarse el barro.

106.—La partícula "des"

En un colegio para niños sordomudos el profesor explicaba por signos el uso y significado de la partícula "des", y ordenó a uno de ellos escribiese en la pizarra una oración que demostrase el uso del prefijo.

Una despejada pequeñuela se adelantó y escribió en el encerado lo siguiente:

"Las niñas son aplicadas, pero los niños son *des-aplicados.*"

107.—Las estrellas

El padre, que habla con su hijo respecto a las maravillas de la ciencia moderna, exclama:

—¡Ahí tienes a la Astronomía! Los hombres han averiguado la distancia a que se encuentran las estrellas y la sustancia de que están compuestas.

—Sí—dice el chico—; pero lo que más me sorprende es que hayan averiguado los nombres de todas ellas.

108.—La diosa Minerva

Una niña visita con su madre una galería de arte. Llama su atención una estatua, y pregunta:

—¿Quién es ésa, mamá?

—Minerva—responde la madre—; la diosa de la sabiduría.

—¿Y por qué no está aquí la estatua de su marido?

—Porque no lo tenía.

—Eso es, entonces, por lo que era sabia, ¿verdad, mamá?—fue la respuesta.

109.—La respuesta del pollino

Un maestro le dice, incomodado, a un muchacho:

—¡Eres un estúpido! ¡Un pollino! ¿Sabes lo que hay que hacer con un pollino para que no sea estúpido?

—Sí, señor—responde el rapaz—; darle de comer mejor y pegarle menos.

110.—Los que no tenían miedo

—Muchachos, como sigáis haciendo ruido llamaré a ese policía.

—No nos asusta ese guardia—dicen los niños a coro—.¡Si es nuestro padre!

111.—Leche y café

La mamá.—Mira, Luisita, aquella linda vaquita blanca es la que nos proporciona la leche que tomamos.

La niña.—¿Y aquella otra negra es la que nos proporciona el café?

112.—El niño modesto

Un caballero encuentra en la calle al hijo de un amigo, y, colocándole en la palma de la mano dos monedas, una de diez céntimos y otra de peseta, le pregunta:
—¿Cuál eliges?
El muchacho, poniendo en su acento una gran modestia, responde:
—Tomaré la más pequeña.

113.—El acerico

Pilarín entra llorando en la habitación donde está su madre, y la dice, en tono compungido:
—¡Papito me está pinchando con alfileres, y yo... yo no soy ningún acerico!

114.—Más que listo

Un caballero entrega a su hijo una carta y dinero para que ponga el sello y la eche en el buzón. Al poco rato vuelve el muchacho sin la carta, pero con el dinero, y dice a su padre:
—Lo he hecho admirablemente. Cuando llegué, vi una porción de señores que echaban cartas por un agujero, así es que me esperé un poco y, en un descuido, eché la mía confundida con las de ellos; de ese modo nos ha salido de balde.

115.—Las hojas caídas

Carolina, mientras se pasea por un jardín, pisando las hojas caídas en otoño, pregunta a su madre:
—¿Lloran los árboles, mamá, porque se ha ido el verano?

116.—El celoso recaudador

Una congregación religiosa decidió edificar una nueva iglesia, y entre otras personas, encargó a un sacerdote que recaudase fondos para aquel piadoso objeto. El sacerdote hizo el encargo con tal celo, que ni a uno de los muchachos que asistiera a su escuela dominical dejó de sacarles alguna limosna.
Un domingo, comparóse el sacerdote en la instrucción religiosa con el Buen Pastor, y, al preguntar a los muchachos lo que Aquél hizo con su rebaño, un muchacho se levantó de su asiento y replicó, con prontitud:
—Esquilarlo.

117.—Lo que hizo Jonás

La maestra explica la historia de Jonás, y las niñas escuchan atentamente. Luego pregunta a una de ellas:

—¿Qué es lo primero que Jonás hizo cuando la ballena lo lanzó a la playa?

Y la niña responde:

—Supongo que iría corriendo a casa para limpiarse.

118.—Los años

Están hablando de edades, y una señora, ya bastante madura, pregunta a un muchacho que está escuchando la conversación:

—Vamos a ver, ¿cuántos años me das?

El chico, después de mirarla detenidamente, le contesta:

—¿Para qué voy a darle a usted más de los que tiene?

119.—Poderosa razón

Cierto caballero, que desde hace algún tiempo come con frecuencia en casa de unos amigos, le pregunta a una niña de la casa:

—Dime, Carmencita: ¿te alegra el que yo venga a tu casa?

—¡Oh, sí, señor!

—Entonces, eso significa que me quieres mucho.

—¡Oh, no! ¡Es que esos días hay un principio más!

120.—El niño avispado

Siendo un muchacho objeto de alabanzas, por su viveza en las contestaciones, un caballero hizo notar que los niños avispados, al llegar a mayores, se vuelven tontos, y viceversa.

Entonces el muchacho replicó:

—¡Usted ha debido ser muy listo cuando niño!

121—Por limpieza

A una preciosa niña de tres años, que almorzaba con sus papás en un hotel, se le acercó la camarera que les servía, mujer sumamente pintada, y la dijo:

—¿Quieres darme un beso?

A lo que la niña repuso:

—¡Después de que te laves!

122.—Señas distintivas

Un tratante halló en la carretera al hijo de un hombre al que deseaba comprar unos cerdos.

—¿Dónde está tu padre?—le preguntó.

—Mírelo allí—dijo el muchacho, señalando a un campo donde los cerdos pastaban—. Le conocerá porque es el que lleva sombrero.

123.—Los gemelos

Una linda criatura de tres años de edad era anualmente obsequiada por sus padres con un nuevo hermanito que la traían de París. Aquel año la mamá de la niña añadió dos miembros más a la familia, en forma de gemelos.

Cuando la linda rapazuela fue llamada para que los conociera, quedóse perpleja, llevando su mirada de uno a otro, con extraordinaria curiosidad. Así permaneció durante algunos minutos, hasta que, golpeando suavemente la mejilla de uno de los recién nacidos, exclamó, como quien, después de tantas dudas, toma una resolución:

—Yo creo que debemos quedarnos con éste.

124.—El curioso

—Mamá, quiero ver lo que hay en esa caja.

—En esa caja no hay nada.

—Entonces, quiero ver lo que no hay en esa caja.

125.—La cortina limpia

Una pequeñuela entra en una habitación en la que su madre acaba de colgar una cortina limpia, y hace esta astuta observación:

—¡Oh mamá!, ahora lleva la ventana camisa limpia.

126.—El pan no se tira

—Enriquito, el pan no se tira. Tal vez, algún día, te veas obligado a recogerlo.

—Bien, mamá; pero yo creo que será más fácil recogerlo si lo tiro que si me lo como.

127.—Día de lluvia

—¡Vaya un día de lluvia!—dícele un sacerdote a un muchacho.

—Sí; una lluvia que moja.

—¿Has visto alguna vez lluvia que no moje?

—Yo, no; pero como le he oído a usted leer una vez "llovió fuego y azufre", supongo que no sería una lluvia muy húmeda.

128.—El que pedía

—¡Más te valiera pedir educación que no limosna!—dice un caballero a un muchacho pordiosero.

—Yo pedí—respondió éste—lo que creí que a usted le sobraba.

129.—Extraña envidiosa

—Mamá, dile a Ramón que no tire de las orejas al gato.

—¿Por qué, hija mía?

—Porque quiero tirárselas yo.

130.—El sabihondo

—Mamá, se me han perdido los tirantes.

—¡Es singular!

—¡No, mamá; tirantes es plural!

131.—El mal aplicado

—Le prevengo a usted, Luisito—dice el maestro—, que, de seguir así, no conseguirá ningún premio.

—Ese es mi deseo. Ha dicho mi padre que si no me premian, me sacará de la escuela.

132.—En un examen

—Voy a hacerle una sola pregunta: ¿Cuántas estrellas hay en el cielo?

—Tantas como pelos hay en mi cabeza.

—¿Y cuántos pelos tiene tu cabeza?

—Eso es una segunda pregunta, y ha dicho usted que no me haría más que una.

133.—El dormilón

—¡Vamos, hijo mío, vamos!—dice una madre al fruto de sus entrañas—, ¡Ya hace dos horas que se ha levantado el sol y tú aún estás en la cama!

—¡Es que el sol se acuesta al oscurecer, y yo estoy levantado hasta las diez de la noche!

134.—Un sabor

Un pequeñuelo toma gaseosa y le dice a su papá:
—Sabe igual que cuando se le duerme a uno el pie.

135.—El milagro

El cura.—¿Qué es un milagro?
Un muchacho.—No lo sé.
El cura.—Bien, si el sol hubiera de brillar durante la noche, ¿qué diríamos que era?
El muchacho.—La luna.
El cura.—Pero si se nos dijera que era el sol, ¿qué diríamos que era?
El muchacho.—Una mentira.
El cura.—¡Yo no digo mentiras! Supongamos que yo le hubiera dicho a usted que era el sol. ¿Qué diría usted?
El muchacho.—Que estaba usted loco.

136.—Lógica infantil

No debe despreciarse la lógica de los niños. Su inteligencia está lo bastante despierta para apreciar la insensatez de los razonamientos de sus mayores. Un pequeñuelo de unos amigos míos les rogó que lo llevasen a la iglesia con ellos, y al responderle que lo harían cuando fuese mayor, exclamó:

—Bien, pero más valiera que me llevasen ahora, porque, cuando sea mayor, es posible que no quiera ir.

137.—La verdad y la mentira

Un caballero preguntó una vez a un muchacho sordomudo:
—¿Qué es la verdad?
El sordomudo cogió un trozo de tiza y dibujó en el encerado una línea recta entre dos puntos.

Entonces volvió a preguntar el caballero:

—¿Qué es la mentira?

El muchacho borró la línea recta y dibujó una línea en zig-zag entre los mismos dos puntos.

138.—La falta de tiempo

Un muchacho muy avispado hizo una observación a su institutriz, en la que había mucha parte de razón.

—¿Cómo es que no comprendes una cosa tan sencilla?—preguntóle aquélla.

—No lo sé—exclamó el chico, con mirada perpleja—; pero pienso muchas veces que son tantas las cosas que tengo que aprender que no tengo tiempo para comprenderlas.

139.—Falta de confianza

—¿Cómo es—dice el maestro a un muchacho travieso—que se portaba usted tan bien cuando vino al colegio, y ahora es usted tan desobediente?

—Porque entonces aún no tenía confianza.

140.—Fortunas californianas

En una reunión se habla de California y de las fortunas fabulosas que hacen allí muchos hombres. Uno dice:

—Si yo fuera allí, en vez de trabajar en las minas, como allí hay muchos hombres que poseen talegas de oro, encontraría más sencillo levantarle a uno de ellos la tapa de los sesos, quitarle el oro y volverme a Europa.

Una niña que le había escuchado atentamente, replicó:

—.Yo creo que lo que debería usted hacer es quitarle los sesos, porque no hay duda de que necesita usted ese artículo más que el oro.

141.—El queso

—Papá, haga usted el favor de darme más queso —dice un niño de ocho años a su padre.

—No, hijo; ya tienes bastante. Cuando yo era de tu edad, tenía que comerme el pan y oler solamente el queso.

—Bueno—dice el chico—, pues deme usted el queso para olerlo.

142.—El de las botas

—Juanito, ¿de qué están hechas tus botas?—dice el maestro.
—De cuero, señor.
—¿De dónde sale el cuero?
—De la piel de los animales.
—Entonces, ¿qué animal te suple de botas y de zapatos?
—Mi padre.

143.—Los cabellos

—Mamá tiene el cabello más hermoso que he visto—dice una niña a otra—; cuando se suelta el moño, le llega el pelo hasta la cintura.
—Eso no es nada—dice la otra—.Cuando mi mamá se suelta el moño, le cae al suelo.

144.—La escala de los seres

Un maestro, preguntando a sus pequeños discípulos sobre la graduación de la escala de los seres, dice:
—¿Quién es el que está más próximo al hombre?
A lo que un pequeñín, deseoso de adelantarse a sus competidores, responde:
—¡La camisa!

145.—El lobo

Una abuela pregunta a su nietecita:
—¿Qué sentirías, hija mía, si te encontrases con un lobo?
—Sentiría un miedo atroz, abuelita.
—Pero yo me pondría delante de él—dice la abuela—para protegerte.
—¿Lo harías así?—exclama la niña, palmoteando de júbilo—. ¡Eso está muy bien! ¡Mientras el lobo te comiera, tendría yo tiempo para escaparme!

146.—El que lloraba

—¡No llores, hombre, no llores!—dice un caballero a un muchachito, que encuentra en la calle enjugándose los ojos con los puños.
—Yo no lloro—responde el muchacho con orgullo—. No hago más que limpiarme los ojos.

147.—La camisa holgada

Un niño que había usado siempre camisas demasiado pequeñas para su estatura, después de lavarlo le pone su madre una camisa tan grande para él como pequeñas habían sido las anteriores. El niño se pasea por la habitación, mirándose al espejo, se encoge de hombros y dice a su madre:

—¿No te parece que estoy demasiado solo dentro de esta camisa?

148.—Los ríos y el mar

Una linda pequeñuela pregunta a su hermano mayor:

—¿Cómo es que con tantos ríos como desembocan en el mar, no se desborda?

—Es muy sencillo—contesta el hermano—.Como el fondo del mar está lleno de esponjas, absorben el agua.

149.—Para vivir

—¿Qué hace tu madre para vivir?—preguntan a un mozalbete.

—Comer—responde.

150.—El predicador

Un sacerdote, al terminar su sermón, eleva al cielo una plegaria en voz tan alta, que una niña que se halla en el templo con su madre le dice al oído:

—Mamá, ¿no crees que si él viviese más cerca de Dios no tendría necesidad de lanzar esos gritos?

151.—Los "desdentados"

En cierta escuela, durante una lección referente al reino animal, el profesor hizo la siguiente pregunta:

—¿Hay alguno de ustedes que pueda nombrarme un animal que pertenezca a la clase de los desdentados, es decir, a los que no tienen dientes en el frente de la boca?

—Yo puedo—exclamó, levantándose, uno de los discípulos—. ¡Mi abuela!

152.—Las oraciones

—Dime, hijo mío: ¿rezas tus oraciones por las mañanas y por las noches, para que Dios te proteja?

—Por las noches, sí, mamá; por las mañanas, no; cualquier chico listo tiene cuidado de sí mismo durante el día.

153.—La que ordeñaba

La maestra.—Señorita, dígame usted qué partes de la oración hay en la frase siguiente: "María ordeña la vaca."

La niña, al llegar a la última palabra, dice:

—Vaca es nombre, del género femenino, número singular y está de pie.

—¡Que está de pie! Y ¿de dónde saca usted eso?

—Porque—responde la inteligente discípula—si la vaca no estuviese de pie, María no podría ordenarla.

154.—Ejemplos prácticos

Un padre aconseja a su hijo el poner ejemplos prácticos siempre que hable, para mejor hacerse entender.

Pocos días después el padre está leyendo algo sobre la generosidad, y le dice:

—Es mejor, mucho mejor, Miguelito, dar que recibir.

—Póngame usted un ejemplo práctico—le dice el muchacho—. Así lo comprenderé mucho meior.

155.—Razón que convence

Un rapazuelo entra en una peluquería y dice al dependiente:

—Córteme usted el pelo al rape, lo más al rape que pueda:

—¿Es que tu mamá te ha ordenado que te lo cortemos así?—le pregunta el peluquero.

—No, señor; es que el maestro nos suele tirar del pelo.

156.—La torre de Pisa

—¿Cómo es que la torre de Pisa está inclinada?

—Porque tendrá el suelo debilidad—contesta un muchacho.

157.—El prestamista

Un muchacho describe lo que es un prestamista: "El te sirve en presente, presta en modo condicional, te aguarda en subjuntivo y te arruina en futuro."

158.—El regalo

Un mozalbete se burla de la nariz que tiene un amiguito, y éste le dice:
—No puedo evitarlo; es un regalo que me hicieron el día de mi cumpleaños.

159.—La tía, tío

En una casa varias familias van a representar una obra teatral, en la que no toman parte más que mujeres.
Carmencita entra en un gabinete y, al ver a su tia vestida de hombre, exclama, llena del mayor asombro:
—¿Pero tú vas a ser mi tío, tía?

160.—Las notas

El padre.—Estoy muy disgustado con las notas que te han dado este mes.
El niño.—Ya se lo dije al maestro que te disgustarías, pero no ha querido modificarlas.

161.—Los listos

—Ya ves si mi hermanito es listo—dice una niña a otra—: no hace más que dos meses que va al colegio y ya tiene catón.
—Eso no es nada—dice la otra—: mi hermano ha estado solamente dos semanas en la escuela, y ya tiene sarampión.

162.—El mayor efecto

—Hijo mío, no debes ser tan arisco, tan bruto; en ocasiones produce más efecto una palabra que un puntapié.
—Sí, pero no deja tanta impresión.

163.—Poniéndose sereno

—¿Dónde está tu padre?—pregunta el dueño de la casa al hijo del portero. —Está abajo, señor.

—¡Estará poniéndose borracho, de fijo!

—No, señor—contesta el muchacho—; está poniéndose sereno.

164.—El niño pescador

—¿No sabes que es pecado pescar en domingo?— le pregunta el párroco de un pueblo al hijo de uno de sus feligreses.

—Pues, me parece no haber pecado todavía— contesta el rapaz, sin dejar de mirar el corcho.

—¿Por qué razón?

—Porque no he tenido una picada.

165.—Súplica convincente

Un muchacho es sorprendido por un labrador cuando se halla robando fruta, y es encerrado en un cuarto oscuro. El mozalbete suplica y pide en todos los tonos que le saquen del encierro, y, después de agotar los medios de persuasión, dice a su carcelero:

—Si me suelta usted, mi padre le pagará la fruta... y encima me dará una paliza.

El labrador no pudo resistir a la súplica, y le dejó marchar.

166.—Orgullo

—¿Qué es orgullo?—pregunta un caballero a su hijito.

El niño, después de recapacitar por breves instantes, responde:

—Caminar con muletas sin ser cojo.

167.—Un marranito

—Carlitas, eres un marranito. ¿Sabes lo que es un marranito?

—Sí, papá; un marranito es el hijo pequeño de un cerdo.

168.—El caído

Un rapazuelo resbala en el hielo y cae pesadamente sobre el pavimento, a tiempo que pasa un compañero de colegio y le dice:

—¿Adónde vas?

—A levantarme—responde aquél, rápido y malhumorado.

169.—El niño que iba sucio

—¿Cómo es que vas tan sucio?—preguntan a un muchacho vagabundo.
—Me han dicho que estoy hecho de barro, y tal vez sea que rezume.

170.—El que gobernaría

—¿Qué es monarquía?—pregunta el maestro. —Un pueblo gobernado por un rey—responde el niño.
—Y si el rey muriese, ¿quién gobernaría? —La reina.
—¿Y si se muriese la reina?
El niño queda un momento pensativo y exclama:
—¡La sota!

171.—La institutriz

—Mamá, ¿crees que la institutriz irá al cielo?
—Seguramente—responde la mamá.
—¡Entonces no quiero ir yo!—dice la pequeñuela.

172.—La crucecita

A una niña de corta edad la regala su madre una crucecita de oro, diciéndola:
—Te regalo esta cruz para que la lleves y pienses que has de ser buena.
A lo que contesta la niña:
—¡Más valiera que no me la regalases! ¡Tengo tantas cosas en qué pensar!

173.—Todos levantados

Una noche regresa tarde a casa el hijo mayor, y, para que no se enteren sus padres de la hora que es, si hace ruido y le oyen entrar, toma la precaución de quitarse las botas en el vestíbulo para entrar descalzo a su cuarto.
Cuando se dispone a quitárselas, un hermanito suyo, que está detrás del portier, le dice:
—No te molestes, que estamos todos levantados.

174.—La leche agria

Una campesina envía a su pequeño a casa de unos vecinos, encareciéndole que pida una jarra de leche agria.

—No vengas a casa sin ella—le dice la madre.

El muchacho llega a casa de sus vecinos y pregunta:

—¿Tienen ustedes leche agria?

—No—le responden—; no tenemos más que leche fresca.

El muchacho se sienta y dice:

—¡Bueno, esperaré a que se vuelva agria!

175.—El Paraíso

—¿Qué se entiende por Paraíso?—pregunta un muchacho a otro.

—Las vacaciones—responde el otro.

176.—Los dulces

El matrimonio y los cinco hijos pequeños están sentados a la mesa. Al sacar los postres la criada, la madre nota la falta de algunos dulces, y pregunta:

—¿Quién ha cogido dulces?

Reina en el comedor el más profundo silencio.

—¿Has sido tú, Elenita?—interroga nuevamente la madre.

Elenita, deliberadamente, con gran seriedad, contesta:

—No puedo contestarte, porque papá me tiene prohibido hablar en la mesa.

177.—El pan de ayer

En ocasión en que el pan había subido de precio, un muchacho entra en una panadería y pide: "Un pan de ayer."

El panadero se lo da. El muchacho lo envuelve en un paño, echa sobre el mostrador dos monedas de diez céntimos, y ya se disponía a tomar la puerta, cuando el panadero le dice:

—¡Eh, amiguito, que el pan vale un real!

—¡Eso será hoy!—replica el muchacho—. Ayer, que no habían subido el precio, valía dos gordas, y el pan que usted me ha dado es de ayer.

178.—El niño descalzo

—Pequeño—dice un caballero a un golfillo que juega descalzo en la calle—, me parece que te has quitado los zapatos y las medias demasiado pronto; aún hace frío.

—No se apure usted—replica el muchacho—; nací descalzo; pero si usted me da dinero, le prometo comprarme medias y zapatos para el invierno que viene.

179.—El niño perdido

—¿Por qué lloras? ¿Te has perdido?—le pregunta un caballero a un chiquitín que está llorando en medio de la acera.

—No, si no me he perdido. La que se ha perdido es mamá, y no puedo encontrarla.

180.—La torta

—¿Papá, me vas a dar otra torta?

—¿Por qué lo dices?

—Porque si no me das más, me comeré ésta más despacio.

181.—El jamón

En clase de párvulos:

—Vamos a ver, Juanito, ¿qué animal es el que nos proporciona el jamón?

Juanito, después de un momento de reflexión.

—El carnicero.

182.—La hija del bombero

En una escuela pública, el grito de "fuego" sembró el pánico entre los niños. A una niña de corta edad, que permaneció sentada tranquilamente en su puesto, le preguntaron:

—¿Por qué no te has movido?

La niña respondió:

—Porque mi papá es bombero, y me tiene dicho que, si alguna vez se declaraba fuego en la escuela, permaneciese sentada en mi sitio hasta que hubiere cesado el barullo, y después saliera tranquilamente.

183.—Una frase

Un muchacho que es castigado por no saber quién fue Carlos V, exclama:
—¡Dichosos los pueblos que no tienen historia!

184.—Los dobladillos

Una maestra, deseando explicar a una niña de corta edad el procedimiento que usan las langostas, cuando son crecidas, para sacudirse la envoltura, la dice:
—¿Qué haces tú cuando el vestido te está muy estrecho?
La niña recapacita y contesta:
—Sacarle los dobladillos.

185.—Lo que hace crecer

—Venga usted aquí, Enriquito—dice a un discipulo el maestro—, y dígame qué es lo que hace crecer a los niños.
—La lluvia—contesta el muchacho.
—¿Y por qué no crecen las personas mayores?
—Porque llevan paraguas.

186.—Razón que convence

Un muchacho y su hermana sostienen un pugilato de saber acerca de cuestiones de Historia.
La niña le hace una pregunta que deja al muchacho perplejo, y rompe el silencio diciendo:
—¡Eso no vale! ¡Has de preguntarme cosas que yo sepa!

187.—El femenino de sastre

—¿Cuál es el femenino de sastre?—pregunta el maestro a un grupo de alumnos.
A lo que responde, rápidamente, un discípulo:
—Modisto.

188.—Alta dignidad

—¿Cuál es la más alta dignidad de la Iglesia?— pregunta el maestro.

El pequeño discípulo, despúes de mirar arriba y abajo, a derecha e izquierda, responde:

—El gallo de la veleta.

189.—Echar una mirada

—Muchacho, ¿quieres echar una mirada a mi caballo mientras entro a tomar una copa?

—Sí, señor.

El desconocido penetra en la venta, y cuando sale ve que el caballo ha desaparecido. Indignado, dice al muchacho:

—Oye, granujilla, ¿no te dije que echaras una mirada a mi caballo?

—Sí, señor —replica el chico—, y así lo he hecho; no he dejado de mirar al caballo hasta que lo he perdido de vista.

190.—Una pregunta

—¿Oye, mamá, se hacen los libros de agua?

—No, hija mía; pero ¿por qué me preguntas esa tontería?

—Por nada; pero como oí hablar la otra mañana de un inmenso volumen de agua...

191.—El otro nombre

—¿Cómo te llamas, muchacho?

—José, señor.

—Ese es tu nombre de pila; pero ¿cuál es tu otro nombre?

—Pepe.

192.—Para recordarlo

Una pequeñuela, complacida por un cuento que le ha divertido mucho, exclama:

—¡Lo recordaré toda mi vida, y, si alguna vez se me olvida, lo escribiré para recordarlo!

193.—Puesta de sol

Un pequeñín contempla, desde la ventana de su casa de campo, una puesta de sol, y, entusiasmado, exclama:

—¡Mira, mamá, qué irritado está hoy el cielo!

194.—El regalo del sacerdote

Un sacerdote que había estado hospedado durante algunos días en casa de un amigo, preguntó a un niño de éste:

—¿Qué regalo quieres que te haga?

El niño, que tenía gran afición a los juguetes, pero que al propio tiempo, por respeto a los hábitos que vestía el huésped, creía de su deber pedir algo de naturaleza religiosa, le contestó en tono de duda:

—Creo que quiero un devocionario, pero sé que quiero una escopeta.

195.—Los cuáqueros

—¿Es cierto, mamá, que los cuáqueros no se quitan nunca el sombrero?

—Es cierto, hija mía; es una prueba de respeto que ellos creen no deben dar a ninguna otra persona.

—Pues entonces, dime: ¿cómo se las componen para que les corten el pelo?

196.—El jinete colérico

—Señor X: cuando yo sea mayor, ¿me dejará usted su caballo?

—Yo no tengo caballo.

—¡Como oí a mamá decir que ayer había usted montado en cólera!

197.—Los premios

El papá.—¿Cómo es, Juanita, que nunca traes un premio del colegio?

La mamá.—¿Y que tu amiguita Lola lleva tantos a su casa?

Juanita, inocentemente.—¡Ah! ¡Luisita tiene unos padres muy listos!

198.—Lo que dice mamá

Un niño, disputando con su hermana, exclama:

—Es cierto, porque mamá dice eso; y si mamá dice eso, es eso, aunque no sea eso.

199.—El hijo del carnicero

Un carnicero, hablando con su hijo, se lamentaba de que la gente del barrio fuese tan escasa y tan pobre, que no podía, como antes lo hiciera, matar una vaca para abastecer a sus parroquianos.

—Mata media cada vez—le aconsejó el hijo.

200.—Las japonesas

Una niña de seis años, cuyo padre hizo mucho dinero en el Japón, pregunta a una señora:

—¿Qué piedra es esa que lleva usted en la sortija?

—Una turquesa—respondió la señora.

—A mí me gustan más las japonesas que las turquesas—replicó la niña.

201.—El organillo

—Mamá, ¿es eso un piano?

—No, es un organillo.

—Entonces, ¿dónde está el mono?

202.—El pan duro

Una señora está convidada a comer en casa de un matrimonio que tiene dos niñas de corta edad, a las que educan con toda severidad. Durante la comida una de las niñas se guarda un trozo de pan en el bolsillo. Su mamá, después de reprenderla, le dice:

—¿Por qué te has guardado ese trozo de pan?

—Porque como es tierno, pensaba comérmelo mañana en vez del duro que me darás.

203.—Los pájaros en el árbol

La maestra.—Suponga usted que disparó la escopeta contra un árbol en el que hay cinco pájaros, y que mató tres. ¿Cuántos quedan?

Una niña de cuatro años.—Tres, señora.

La maestra.—No, quedan dos.

La niña.—No, señora; quedan tres: los tres que usted mató, porque los otros dos habrán volado.

204. —El hijo del lechero

A un rapazuelo que lleva todas las mañanas la leche a una casa, le dice la señora:

—A juzgar por el color, no parece sino que tu padre echa a la leche agua sucia.

—No, señora—responde con viveza el rapaz—; yo se la he visto sacar del pozo y estaba limpia.

205.—Las moscas

Un sacerdote dice en la plática de un colegio:
—A las gentes se las atrae con palabras dulces. Con miel es como se cogen las moscas.
—Sí, para matarlas—interrumpe un muchacho.

206.—El que va a caballo

Marchaba un campesino a caballo por un camino, conduciendo una piara de cerdos, cuando encontró un grupo de lindas muchachitas que a la sazón salían del colegio.
Una de ellas, al cruzarse con la piara, hizo una graciosa cortesía.
El campesino, riéndose, preguntó:
—¿Por qué saludas a los cerdos?
La niña, con una provocativa sonrisa, repuso:
—Yo no he saludado más que al que va a caballo.

207.—El pasajero

La niña de un amigo mío, de cuatro años de edad, había alineado las sillas de una habitación, diciendo:
—Papá, esto es un tren. Vamos a jugar a los trenes.
En aquel preciso instante penetró en la habitación un caballero a saludar al amo de la casa, y tomó asiento en "uno de los coches".
La niña, enojada por haber sido interrumpida en su juego, díjole al recién llegado:
—¡Caballero, esto es un tren!
—Bien, hija mía—respondió el visitante—; pero yo creo que puedo ser un pasajero y ocupar un asiento en el tren.
La niña, después de recapacitar, y dando muestras de no estar satisfecha, preguntó:
—¿En qué estación quiere usted apearse?
—En Madrid.
—¿En Madrid?... Pues ya hemos llegado.

208.—La más dulce

—Ven aquí, preciosa—dice un joven a una niña, con cuya hermana está en relaciones amorosas—; eres la más dulce criatura que existe en la tierra.

—No, no lo soy —replica inmediatamente la niña—. Mi hermana dice que el más dulce es usted.

209.—El coche

Un pequeñín despertó cierta mañana, diciéndole a su abuelita:
—¡Abuelita, he soñado que tenía un coche!
—¿Y qué has hecho con él?
—¡Oh! —respondió—, lo he dejado en la cochera de mi sueño.

210.—En paz

El hijo.—Mamá, tengo una idea.
La mamá.—¿Cuál es, hijo mío?
El hijo.—Pues mira: me prestas diez pesetas; pero no me entregas nada más que cinco, y así yo te debo a ti cinco pesetas; pero como tú me debes a mí otras cinco..., quedamos en paz.

211.—El amigo de la barba

Un caballero que había permanecido ausente por largo tiempo y que durante sus viajes se había dejado crecer exageradamente la barba y el bigote, visitó a unos amigos por cuya hija sentía especial cariño. La niña, al verle, no hizo la menor demostración de besarle, como tenía por costumbre, y, sorprendida de esto la madre, le dijo:
—Hija mía, ¿por qué no das un beso a tu amigo?
A lo que la niña contestó con la mayor inocencia:
—Porque no encuentro sitio donde dárselo.

212.—Las patatas

—Papá, planté algunas patatas en nuestro jardín hace tiempo, y ¿qué cree usted que ha salido?
—Habrán salido patatas, naturalmente.
—No, señor; salió el cerdo del vecino y se las comió todas.

213.—El caballero conocido

—Ven aquí, monín —dijo un caballero joven a un niño de siete años, hallándose reunido con varios amigos—. ¿No me conoces?
—No he de conocerle —replicó el muchacho—; usted es el que anoche besó a mi hermana Alicia en el Conservatorio.

214.—El botones del restorán

Un caballero de edad madura, encontrándose cenando en un restorán, llamó a un botones y le dijo:

—Haz el favor de traerme pan; yo como mucho pan con el bisté.

El muchacho, que se había fijado en el excelente apetito del caballero, contestó con la mayor sencillez:

—Y también come usted mucho bisté con el pan.

215.—Dios no se equivoca

La abuelita de Lulú, impaciente por el ruido que la niña produce, le dice, en tono de reconvención:

—Contigo se ha cometido un error; tú debieras haber nacido chico.

Lulú se queda pensativa durante unos instantes, y replica:

—¡Abuelita, Dios no se equivoca nunca!

216.—La hija única

A un niño, molesto porque una niña que con él jugaba le imponía siempre su voluntad, le dijeron que debía ser complaciente con la muchacha, porque era hija única.

A poco de decirle esto, se le acercó un amiguito y le dijo:

—Ven; voy a presentarte a una niña para que juguemos.

El muchachito, inmediatamente, interrogó:

—¿Es hija única? Porque si lo es, no quiero que me la presentes.

217.—La niña con reuma

Una niña padece un ataque reumático y llora amargamente. El padre, con idea de distraerla, le dice:

—Pilarín, ¿sabes que vengo de ver a tu primo Pepito? Tiene sarampión.

A lo que la niña replica, con la mayor ingenuidad:

—¿Y por qué no me envía un poquito?

218.—El papá de la niña

Un periódico americano cuenta la lastimera historia de una niña que, perdida en las calles, es interrogada por una dama que la tropieza en su camino. La dama, tomándola por la mano y después de decirla algunas palabras de consuelo para acallar su llanto, le pregunta:

—¿Adonde vas?

—A buscar a mi papá—contesta la pequeñuela, entre sollozos.

—¿Cómo se llama tu papá?

—Se llama... mi papá.

—Pero ¿cuál es su otro nombre? ¿Cómo le llama tu mamá?

—Ella le llama papá.

La dama continúa calle adelante, siempre llevando cogida a la niña de la mano, y la dice:

—Más vale que vengas conmigo; yo creo que viniste por este camino.

—Sí, pero yo no quiero volver atrás; yo quiero ir con mi papá—dijo la pequeñuela, rompiendo de nuevo a llorar con indecible desconsuelo.

—¿Para qué quieres a tu papá?—preguntó la dama.

—Para darle muchos besos.

En aquel momento una hermanita de la niña, que iba en su busca, llegó al sitio en que se desarrollaba esta escena, y, al ser interrogada por la dama, pudo ésta averiguar que el padre de la pequeñuela, a quien con tanto interés buscara, había fallecido recientemente.

En su soledad era tal el amor que por él sentía, que cansada de esperar vanamente el regreso de su padre al hogar, tomó el firme propósito de salir en su busca para darle los besos de costumbre.

219.—El alborotador

—¡Muchacho!—dice un malhumorado anciano a un chiquillo revoltoso—. ¿Qué ruido infernal es ese que produces a mi paso? El muchacho replica, en el mismo tono:

—¿Y usted por qué pasa por aquí cuando yo estoy alborotando?

220.—La carta urgente

—¿Vamos a jugar al peón?—pregunta un muchacho a otro.

—No puedo, tengo que llevar a su destino esta carta urgente.

—¡Si contiene malas noticias, cuanto más tarden en recibirla, mejor! Las cartas con buenas noticias nunca son urgentes.

221.—El beso

Una mujer sumamente fea dice a una linda niña:

—Dame un beso y te daré un terrón de azúcar.

En aquel instante un golfillo que pasa y escucha lo que la mujer pide a la niña, dice a ésta:

—¡No seas tonta y háztelo pagar más caro!

222.—Los huevos

Un niño es enviado a comprar huevos. A su regreso a casa le dice su madre:

—¿Has roto alguno?

El niño, que se los ha dejado caer por el camino, contesta:

—No, mamá; es que algunos de ellos tenían la cáscara suelta.

223.—La hora

El hijo de un boticario, a quien varias personas han molestado preguntándole por la hora, interroga nuevamente:

—Papá, ¿qué hora es?

—¡Si hace un instante que acabo de decírtelo!

—¡Es que ahora me lo ha preguntado una señora!

224.—Los pasteles

—Toma, Jaime, estos pasteles y llévale el más pequeño a tu hermanito.

Jaime examina cuidadosamente los pasteles; está indeciso, y, finalmente, toma la heroica resolución de dar un mordisco a uno de ellos, y dice, alargándoselo a su hermanito:

—¡Eran iguales, pero ahí lo tienes más pequeño!

225.—El hijo bien educado

Nada tan difícil como precisar las primaveras que ha disfrutado una dama después de haber cruzado el Rubicón de su juventud. Hace algún tiempo una dama que, en sus años mozos, había sido muy elogiada por su belleza, pero que, no obstante su edad avanzada, seguía siendo tan coqueta como lo fuera siempre, devolvió una visita a un caballero, antiguo amigo suyo, y éste, impensadamente, le preguntó la edad que tenía. Ella replicó sin titubear:

—Veintiocho años.

—Pero, señora, ¿qué edad tiene este joven, su hijo?

El muchacho, respondiendo por la autora de sus días, replicó:

—¡Yo soy un año más viejo que mamá!

226.—Estado de matrimonio

—Mamá, ¿en que parte del mapa encontraré el Estado del Matrimonio?

—Búscalo en los Estados Unidos.

227.—El pelo del padre

Un caballero, hallándose de visita, dice a la señora de la casa:

—Su niña tiene todas las facciones de usted, pero el pelo... el pelo es el de su padre.

Al oír esto, la niña exclama:

—¡Ahora comprendo por qué mi papá gasta bisoñé!

228.—El brazo del lord

Un lord perdió su brazo en Ligny. Al volver a Inglaterra fue a pasar un día con un cuñado que tenía una niña preciosa. Al enterarse el padre de la niña de que el lord iba a hacerles aquella visita, recomendóla mucho no hiciera mención a su tío del brazo que perdiera en Ligny.

La niña obedeció implícitamente las órdenes de su papá, hasta que, después de la cena, fue a dar un beso a su tío y le dijo:

—¡Buenas noches! Ya ves que no te he dicho una palabra de tu pobre brazo, ¿eh?

229.—Las tonterías

Un jovencito pide permiso a su madre para ir a un baile, y ésta le dice:

—El baile es un sitio malo para los niños.

—Pero, mamá, ¿no ibais tú y papá a los bailes cuando erais niños?

—Sí, por eso sabemos las tonterías que hay en ellos.

—Bueno, mamá; pero yo quisiera también ver esas tonterías.

230.—Los retrasados

Un maestro tenía dos discípulos, y mientras con el uno era parcial, con el otro se mostraba severo. Cierta mañana aconteció que ambos llegaron tarde a clase.

—¿Por qué no han venido ustedes a tiempo? ¿No han oído ustedes la campana?

—Señor—respondió el favorito—, oí la campana, pero la confundí con la de la iglesia y entré en ésta para esperar la hora de clase.

—¡Muy bien!—dijo el maestro, satisfecho del pretexto de su favorito—. ¿Y usted?—preguntó dirigiéndose al otro.

—¡Yo... estaba esperando a que saliese éste de la iglesia!...

231.—La niña traviesa

Un caballero corrige a su niña de cuatro años:

—Siéntate en esa silla—le dice—, y no te muevas.

La niña aprovecha un momento en que su padre sale de la habitación, y dice a su madre al oído:

—¿No crees, mamá, que papá debiera salir de casa?

232.—En una tienda

En un comercio de telas hay empleado un dependiente de aspecto afeminado y de muy corta estatura. Una pequeñuela es enviada a la tienda para hacer unas compras, y se dirige al dependiente; pero éste, no logrando comprender lo que la niña le dice con su lengua de trapo, pregunta:

—Pero ¿qué es lo que quieres?

—No lo sé.

—¿Para qué es la tela que deseas?

—Para hacer una camisa a papá.

—Y ¿cómo es de alto tu papá? ¿Es tan alto como yo?

—¡Tan alto como usted!—exclama la niña—¡Ya lo creo! ¡Si no lo fuera, vaya un papá que iba a tener!

233.—División de la tierra

La madre de Tomasito está orgullosa del talento de su hijo, y siempre que tiene ocasión procura exhibir sus conocimientos.

Cierto día en que había varios amigos de visita en su casa, preguntó la madre a Tomasín:

—¿Cómo se divide la tierra?

—Por los terremotos—contestó rápidamente el muchacho.

234.—Los cabellos blancos

Un maestro, reprendiendo a un muchacho por su mala conducta, le dice:

—Tu mal comportamiento hará que a tu padre se le vuelvan los cabellos blancos, y lo llevará a la tumba.

—Perdone usted—responde el muchacho—, mi padre lleva peluca.

235.—El pavo

Un caballero, en Nueva Orleans, quedó agradablemente sorprendido al ver que un muchachito negro que tenía a su servicio, le servía un pavo, como plato fuerte, en su almuerzo.

—¿Cómo es esto?—preguntóle el caballero.

—Muy sencillo—respondióle el negrito—. Este pavo hace tres días que se metió en nuestro cercado, se ha pasado todo ese tiempo comiendo, y esta mañana le he cogido para hacerle pagar la cuenta.

236.—El árbol torcido

—¿Por qué habrá crecido tan torcido este árbol?

El niño:

—Porque cuando era pequeño se le subiría algún chico.

237.—El sombrero grande

Una señora muy empingorotada, cubierta su cabeza con un descomunal sombrero, interroga a un muchacho:

—¿Podré pasar por esta verja para ir al río?

—¡Ya lo creo!—contesta aquél—. ¡Ha pasado hace poco una carretada de paja!

238.—Un convencido

El maestro, en tono imperativo.—¿Cómo se llama usted?

El niño, con voz débil.—Ciríaco Ruíz, señor.

—¿Qué edad tiene usted, Ciríaco Ruiz?

—Doce años, señor.

—Ahora, dígame usted: ¿quién hizo este gran mundo?

—No lo sé, señor.

—¡Qué! ¿Doce años y no sabe usted quién hizo este noble universo?

El maestro, dirigiéndose a otro discípulo.—¡Rodríguez, tráigame usted la correa!

El maestro, a grandes voces, y mientras castiga al muchacho, pregunta:

—Dígame usted, ¿quién hizo este mundo en que vivimos?

Con voz entrecortada por el llanto, Ciriaco responde:

—¡Yo, señor, pero no lo haré más!

239.—Tres cosas a un tiempo

La mamá.—¡Vaya, Pepito, ya has charlado bastante! ¡Ahora a callar, a cerrar los ojos y a dormir!

Pepito.—Pero... ¿cómo voy a hacer las tres cosas a un tiempo?

240.—Razón que convence

Una anciana:

—¡Ah, granuja! ¡Pegar a tu hermanito de ese modo! ¿No comprendes que has podido matarlo?

El granujilla:

—¡No importa: tengo otros hermanos en casa!

241.—Lógica infantil

—¡Eduardo, no quiero que vuelvas a pisar la calle! ¡Que no te vea yo salir por la verja!

A los pocos momentos ve la madre que Eduardo está jugando en la calle, y le llama:

—¿No te acabo de decir que no quería verte cruzar la verja?

—¡Si no la he cruzado, mamá; he saltado la tapia!

242.—La fiebre

Cierto caballero que padece una fiebre infecciosa, dice a su hijo, que trata de abrazarle:

—No me abraces, hijo mío, no sea que vayas a coger la fiebre.

El. niño se queda un rato pensativo, y pregunta luego:

—Entonces, papá, ¿a quién has abrazado?

243—El salteador

—¿Qué haces aquí parado?—pregunta un hortelano a un muchacho que encuentra en su huerto con un pañuelo y la gorra llenos de manzanas.

—¡Si ya me iba a marchar!—le responde.

244.—El nombre del padre

En una escuela municipal, el primer día de clase pregunta el maestro a una niña de corta edad:

—¿Cómo te llamas?

—Juanita.

—¿Y él nombre de tu papá?

La niña no sabe qué responder, y el profesor, para ayudarle, le dice:

—¿Cómo llama tu madre a tu padre?

—¡Sinvergüenza!—exclama la niña.

245.—Un arrepentido

Un pedagogo, enterado de que un discípulo le ha llamado idiota, va a castigarle, y el muchacho exclama, en tono de arrepentimiento:

—¡Perdóneme usted, señor! ¡No lo haré más! ¡Nunca volveré a decir lo que piense!

246.—Inocencia

Una niña se pasea por un parque público, y descubre a dos novios que se están besando: —Mira, mamá, están haciendo una película.

247.—Indiscreción

—¡Qué niño tan encantador!—dice un caballero que llega de visita a una casa—.Tiene los ojos de la mamá, la nariz de su papá...

El niño, al paño.—...y los calzones de su abuelo.

248.—El beso del noble

El conde de X, de pomposa notoriedad, administraba personalmente su fortuna, hasta el punto de vender por su propia mano la leche producto de sus ganados.

Cierta mañana una linda muchachita le entregó una jarra y media peseta, para que el noble la sirviera leche. Complacido el conde por la linda apariencia de la niña, le acarició y le dió un beso.

—Ya puedes decir, preciosa—exclamó el conde—, que te ha besado un noble.

—Sí—contestó la niña—; pero, sin embargo, usted se ha guardado los dos reales.

249.—Malos tratos

Un muchacho, lamentándose en cierta ocasión de la dureza con que su padre le trataba, decía:

—Me trata como si yo fuese su hijo, pero con otro padre y otra madre.

250.—El domingo

—Mamá, ¿es cierto que el mundo fue hecho en seis días?

—Sí, hija mía, y si Dios hubiera querido, lo hubiera hecho en dos.

—¡Qué lástima no fuera así!—exclamó la niña—. Entonces, cada dos días hubiese habido un domingo.

251.—El que estaba solo

Pedrito, un niño de seis años, cae por la escalera y se produce una descalabradura mayúscula.

Se levanta y se presenta a su madre para que le cure.

—¡Qué valor de chiquillo!—dice la madre a una vecina—. Mire usted el chichón que se ha hecho, y no ha derramado una lágrima.

—¡Para qué había de llorar—dice el niño—, si estaba solo!

252.—Las manzanas

Un día, Juan, cuando su niña tenía cuatro años, la estaba dando lección de aritmética. Le dió una manzana y le preguntó:

—¿Cuántas?

—Una.

Le dió otra:

—¿Cuántas?

—Una.

Entonces Juan le dijo:

—Fíjate: una y una hacen...

Después de alguna vacilación y de mirar atentamente a las manzanas, dijo:

—Dos.

Y entonces le dió una tercera manzana, diciéndole:

—Y éstas te hacen...

La niña replicó instantáneamente:

—Estas me harían daño.

253—La edad y el estómago

Un caballero, sorprendido por la belleza de una niña que tropezó en la calle, entró en una confitería y compró unos caramelos. Después de darle dos o tres, le dijo:

—No te doy más, porque eres pequeñita.

La niña que, por lo visto, no quedó satisfecha del número de caramelos que recibiera de manos del caballero, replicó:

—Yo soy pequeñita, pero tengo un estómago grande.

254.—El fin del mundo

Juanito, de siete años. —Yo soy un hombre, porque de hombre voy vestido. Tú eres una mujer, porque vas vestida diferente a mí.

Rosita, de cuatro años. —Bien, pero supón que todos vistiéramos iguales.

Juanito. —Entonces no habría hombres ni mujeres, y eso sería el fin del mundo.

Rosita, asintiendo. —¡Claro que sí!

255.—El pesetón

Cierto día iba un rapazuelo corriendo por la calle, cuando vio rodar por el suelo una moneda de dos pesetas y se paró a cogerla.

No había transcurrido un segundo, cuando se acercó al muchacho un cochero que le había estado observando, y, airadamente, le reclamó las dos pesetas, pero el granujilla, sin inmutarse, le preguntó:

—¿Tenía su moneda, acaso, un taladro?

—¡Sí, claro que si! - contestó el cochero.

—¡Pues entonces no son de usted, porque esta moneda no tiene agujero alguno! —díjole el muchacho con aire de triunfo.

256.—El mendigo

Dos caballeros jóvenes pasean junto a la iglesia de la Concepción. Un muchacho, que pide limosna a la puerta, dice con tono lastimero:

—¡Jóvenes caballeros, una limosna para este pobre ciego!

—¿Cómo sabes que somos jóvenes, si eres ciego?

—He querido decir sordomudo—responde el muchacho, rectificando.

Los jóvenes le socorren con una moneda de cobre.

257.—El Arte y la Naturaleza

Un caballero discute respecto a Arte con varios amigos, y, en tono de convicción, dice:

—El Arte no podrá nunca mejorar la Naturaleza.

Un niño de nueve años, hijo suyo, exclama:

—Pues ¿cómo estarías sin peluca, papá?

258.—El niño obediente

Un pequeñín ruega encarecidamente a su padre le permita sentarse a la mesa con los amigos que tiene invitados. El padre accede, con la condición de que el niño no hable, ni moleste, ni pida postres.

El niño cumple al pie de la letra las advertencias del padre; pero, al final de la comida, ve éste que el niño está llorando, y le pregunta:

—¿Por qué lloras?

—Lloro —dice entre sollozos—, porque como no pido nada... no me dan nada.

259.—El tocino

—¡Caramba, Juanito, ya van dos veces que te olvidas de traerme el tocino!

—Es cierto, mamá —responde el muchacho—; pero es tan grasiento que se me escurre de la memoria.

260.—El más rápido

Un individuo detiene a un muchacho en la calle y le pregunta:

—¿Qué camino es el más rápido para ir a la estación del ferrocarril?

—Correr —le responde.

261.—El pavo duro

El señor X, sentado a la mesa con su familia, trata inútilmente de despedazar un pavo. Todos esperan impacientes que el señor X venza la dureza del ave, hasta que, cansado de esperar, le dice su hijo:

—¡Ya sé cómo podrás partirlo, papá!

—¿Cómo?

—Metiéndole un cartucho de pólvora y pegándole fuego.

262.—Ver sin ojos

—¿Puede una persona ver sin ojos? —pregunta un maestro.

—Sí, señor —fue la inmediata contestación.

—¿Y cómo puede ser eso? —interrogó, asombrado, el pedagogo.

—Puede ver con un solo ojo.

263.—El perezoso

—¡Juan, eres un perezoso! ¿Qué piensas hacer cuando seas mayor para procurarte la vida?

El niño responde:

—He pensado hacerme procurador.

264.—El goloso

Enriquito está sentado a la mesa de unos amigos, junto a su padre. Al pasarle la bandeja del pan, el niño coge un pedazo, ve que es duro, lo deja y coge uno blando. El papá le amenaza diciendo:

—Nunca toques más que aquello que te hayas de comer, porque es signo de mala educación.

El muchacho guarda silencio. A los postres, el criado pasa a Enriquito una fuente con pasteles. Toca ligeramente cuatro de ellos, y los pone en su plato.

El papá, amonestándole nuevamente, le dice:

—¿Cómo es eso, Enrique?

—Papá, como me has dicho que no toque más que aquello que me haya de comer, y yo quiero comerme estos cuatro pasteles, los he tocado.

265.—Propósito de enmienda

Una madre cariñosa riñe a su hijo porque le ha robado una naranja, y le dice:

—¿Estás arrepentido? ¿Verdad que no volverás a quitarme una naranja?

—No, señora; le quitaré dos.

266.—Generosidad

Un maestro, después de leer a sus discípulos la historia de un niño generoso, pregunta:

—¿Qué generosidad es ésta?

Un muchacho levanta el brazo y contesta —¡Yo lo sé! Es dar a otros lo que no quieras para ti.

267.—El que corre

Un golfillo rompe de una pedrada el cristal de un escaparate y sale por pies; pero no tan de prisa para no ser alcanzado por el dueño de la tienda que lo sujeta por el cuello de la chaqueta, y le dice:

—¡Tú, granuja, has roto el crista!!

—Si, señor; que lo he roto. ¿Pero no ha visto usted que corría a casa por el dinero para pagarlo?

268.—La estrella

Un muchachito que llega a casa, de vuelta del colegio, queriendo deslumbrar a su hermanita con su talento, le dice, señalando a una estrella:

—¿Ves aquella luz? ¿La ves que parece tan pequeñita? Pues es mucho mayor que el mundo.

La niña queda un nstante pensativa y exclama:

—Entonces, ¿cómo no nos resguarda de la lluvia?

269.—El que estuvo en el Arca

Un caballero charlaba cierto día, con su nietecita, a la que tenía sentada sobre sus rodillas:

—¿Por qué tienes el pelo tan blanco?—le pregunta la niña.

—Porque soy muy viejo. ¡Ya ves, yo estuve en el Arca!

—¡Ah, entonces tú eres Noé!

—No, no soy Noé.

—¿Eres Sem?

—No, no soy Sem.

—¿Eres Can?

—No, no soy Can.

—Entonces, tienes que ser Jafet—insistió la niña en su histórica charla, e impaciente por la dificultad que hallaba en la identificación de su abuelo.

—No, no soy Jafet—repitió el abuelo, moviendo negativamente la cabeza.

—¡Entonces—exclamó la nieta, firme y decisiva— tú eras un animal!

270.—Una máxima

En el bolsillo de un muchacho se encuentra un papel en el que ha escrito:

"Prefiere ser un buen chico y obedecer a tu madre, a ser un perro y obedecer a la luna."

271.—La hora del té

La dueña de la casa está disgustada porque no se va una visita, y lo manifiesta así en presencia de un hijo de ocho años. Cuando la madre invita a los amigos a tomar el té, penetra el muchacho en la sala y dice a su madre:

—La señora Juana no puede vendernos pan; la señora María tampoco tiene; así es que, en vista de que en ningún sitio he podido adquirir pan, tampoco he comprado manteca.

La visita se despide inmediatamente.

272.—El "chifletero"

En un pueblo aragonés estaba de visita el obispo, que preguntó a un chico de siete años si quería confesarse con él.

—No, señor; he cometido un gran pecado y me descubriría—contestó.

—¿Qué pecado es?

—Me dijo mi madre que si no iba a la escuela lo sabría el cura, y yo contesté: "M. c... en él."

El prelado rió la gracia, y se lo contó al párroco, sin advertir que el chico Jes seguía, el cual exclamó:

—¡Vaya un obispo "chifletero"! (alcahuete).

273.—La mala memoria

—María, hija mía, ¿te acuerdas de la lección que has dado esta mañana?

—No, mamá; ¡tengo tan mala memoria!

—Y dime: ¿te acuerdas cómo iba vestida Luisita?

—¡Ya lo creo! Llevaba un traje de seda rosa, sombrero de gasa del mismo color, unos zapatos bebé, un collar de perlas y un precioso abanico.

—¡Ciertamente que tu memoria es mala!—exclamó la madre.

274.—El agua del mar

En un examen, el presidente del tribunal pregunta a una muchachita:

—¿Cuál es la causa de que el agua del mar sea salada?

Inmediatamente la niña, deseando dar una prueba de su viveza de imaginación, responde:

—¡Los peces salados!

275.—Por culpa del perro

—¿Puedes amar al vecino como a ti mismo?

—Sí, mamá; siempre que el vecino no tenga perro que trate de morder a los niños.

276.—El desairado

Un muchachito, resentido porque unas amiguitas no le han invitado a una fiesta, dice a su hermana mayor:

—Puedes decir a esas niñas que voy a dar una fiesta para mí solo, y que no voy a invitar a ninguna.

Entonces rompe a llorar, y se queda más confortado.

277.—El niño sucio

—Juanito—dice una madre a su hijo de nueve años—, ve a lavarte los labios; estoy avergonzada de verte sentado a la mesa con esa boca tan sucia.

—Me la he lavado, mamá—responde el chico—; eso será que, tal vez, me está saliendo el bigote.

278.—Gemelas

Una nena oye decir a su madre que había nacido en el mismo día que la reina. No dice nada por el momento, pero al día siguiente pregunta a su madre:

—Entonces, ¿la reina y yo somos gemelas?

279.—La cebada

—Haga usted el favor de darme una peseta de cebada.

—¿Es para tu padre?

—No, señor—contesta rápidamente el muchacho—; mi padre no come cebada.

280.—El niño escondido

Tomasito, para escapar al castigo de su madre, se esconde bajo un sofá. En aquel momento llega el padre a casa y, al enterarse del refugio que ha buscado el muchacho, se dirige al escondite y se arrodilla para sacar de él a Tomasito. Este, al ver a su padre que se aproxima de rodillas, le pregunta:

—¿También te quiere castigar mamá?

281.—La mendiga

Paseando un caballero con su niña, cruzóse en su camino una pobre mujer que llevaba un bebé en brazos.

—¡Hace tres días que no como, señor!—exclamó la mendiga, alargando la mano en ademán de pedir una limosna.

—¿Cómo es eso?—preguntó la niña a su padre.

—Porque no tenía dinero para comprar pan; es muy pobre, hija mía.

—Entonces, ¿cómo ha tenido dinero para comprar ese niño?—preguntó la niña.

282.—El parecido

—¡Cómo se parece a su padre!—exclama un ama, refiriéndose al bebé que lleva en brazos, hijo de un caballero que pasa de los setenta y casado con una mujer joven.

—Muy parecido—replica un muchacho ya crecido—; ninguno de los dos tiene dientes.

283.—Un ejemplo

El sacerdote.—Tomad ejemplo de este muchacho, que lleva todos sus ahorros a casa y se los entrega a su madre. ¿Por qué llevas a tu madre todo cuanto recoges?

El muchacho.—Porque me pegaría si no lo hiciese.

284.—Dos filosofías

—Defina usted la diferencia entre filosofía experimental y filosofía natural—dice el maestro a un discípulo.

—Filosofía experimental—dice el muchacho—es el pedirle a usted que nos dé vacaciones, y filosofía natural es el que usted nos diga: ¿No les gustaría a ustedes que se las dieran?

285.—La vocación

—¿Qué profesión te gustaría ejercer, hijo mío?

—La de catedrático, porque desde que mi padre lo es, tenemos siempre pasteles para postre.

286.—Ejemplo gráfico

—¿Qué entiende usted por ansia?—pregunta el maestro a un discípulo—. Póngame un ejemplo.

El muchacho está un rato indeciso, pero repentinamente, como quien se libra de un feliz pensamiento, dice:

—Cuando vea usted un niño que mete la nariz en una empanada hasta que la boca llega al relleno y las orejas se ocultan en los bordes de la pasta, ya puede usted asegurar que tiene ansia.

287.—El bizcocho

—¿Por qué llora el niño, Rosita?

—No lo sé, mamá.

—¿Y por qué miras con esa indignación al perro?

—Porque ese perro feo se me ha comido el bizcocho.

—Pero... ¡si yo te he visto comiéndotelo!

—El que me comía era el de mi hermanito...

288.—El anzuelo

Un niño oye relatar un naufragio, un episodio del cual es el que, impelidos por el hambre, algunos supervivientes habían tenido que sortearse para comerse unos a otros. Después de meditar breve espacio de tiempo, exclama el muchacho:

—¡A mí no se me hubiesen comido!

—¿Cómo no?—interroga el padre.

—Porque hubiera saltado al agua.

—Es que entonces te hubieran pescado.

—¡Ca! ¡No, señor! ¿No ve usted que yo no hubiera picado el anzuelo?

289.—Un enemigo del ahorro

Un amigo, al tiempo de despedirse de los amos de la casa donde ha estado de visita, entrega una peseta al hijo pequeño.

—¿Es buena?—pregunta el rapaz.

—Sí. ¿Por qué me lo preguntas?

—Porque preferiría que fuese falsa; así no me la harían meter en la hucha, y podría llevar dinero.

290.—El dolor

Tropieza un niño en la calle y cae. Un viandante que lo ve, le dice:

—No llores, pequeño; mañana ya no te dolerá.

—Entonces—contesta el niño—, mañana tampoco lloraré.

291.—El número de la casa

El profesor va tomando nota de los domicilios de sus alumnos. A un pequeñín, que no recuerda el número de su casa, le encarga que lo lleve al día siguiente.

Al día siguiente, llegado el alumno a clase, el profesor le pregunta:

—¿Has traído el número?

—No, señor—responde—; estaba tan clavada, que no he podido arrancar la chapa de la puerta.

292.—Las colas del perro

—¿Me comprarás unos patines, papá, si te pruebo que un perro tiene diez colas?

—Sí, te los compraré.

—Pues mira: un perro tiene una cola más que el que no es perro. El que no es perro no tiene nueve colas. Luego si el perro tiene una cola más de nueve que no tiene el que no es perro, el perro tiene diez colas.

El padre le compró los patines.

293.—La compra

Un golfillo que pide limosna por las casas, es interrogado por una dama:

—¿Viven tus padres?

—Murieron—responde.

—Entonces, ¿con lo que llevas en la cesta sostendrás la familia que te queda por unos días?

—¡Oh, no! ¡Yo no tengo familia! ¡Mi padre y yo tenemos huéspedes; él cuida de los trabajos caseros, y yo estoy encargado de ir a la compra!

294.—En la propia fuente

—¿Ha visto usted alguna piel de elefante?—pregunta un maestro a un muchachito.

—Sí, señor.

—¿Dónde?
—En el propio elefante.

295.—Lo que perdió Adán

El maestro.—¿Qué es lo que perdió Adán en su caída?
El niño.—Supongo que sería el sombrero.

296.—Absurdo rechazado

La profesora explica aritmética a las niñas y, poniéndoles un ejemplo, empieza:
—Si ustedes compran una vaca por cinco duros...
Una pequeñita se levanta y la interrumpe diciendo:
—...no puede comprarse una vaca por cinco duros.

297.—Sombrero modelo

—Señor López, dice mi padre si le deja usted el sombrero para que le sirva de modelo.
—Con mucho gusto; pero ¿para qué lo quiere?
—Para hacer un espantajo.

298.—La castaña

Don Rafael, maestro de escuela, tenía una nariz sumamente encarnada, tanto que todo el mundo que le conocía lo achacaba a que el interior de aquel templo estaba dedicado a Baco. Hallándose don Rafael un día en clase, una castaña, arrojada por una mano invisible, fue a chocar en aquel aditamento nasal con tal fuerza, que, de rebote, casi dió en el cielo raso de la escuela.
El maestro, dolorido e incomodado, dirigiéndose a uno de los discípulos, le dijo:
—¡Levántese usted! ¡No trate de negar que ha sido quien arrojó la castaña! ¡Es inútil! ¡Su sonrojo le delata! ¡Está usted encarnado!
—Perdone usted, don Rafael. Yo no he sido quien ha arrojado la castaña, y el estar encarnado tal vez sea a causa del reflejo de su nariz.

299.—Una indiscreción

—¡Cuidado que parece usted rara con la raya partida en el centro!—exclama la señora de López—. Yo acostumbraba a partírmela en un lado.

La conversación se generaliza, y cada señora de las reunidas echa su cuarto a espadas sobre el modo de partirse el pelo. De pronto, la pequeña María, hija de la señora de Rodríguez, deseando que su madre no pase inadvertida, dice:

—Mamá se parte la raya sobre las rodillas.

A la madre, juzgando por el gesto de malhumor que imprime a su semblante no ha debido hacerle gracia la precocidad de la niña, pero a las demás señoras, por las miradas significativas que cambian entre sí, ha debido complacerlas la intervención de aquel diablillo indiscreto en la conversación.

300.—El castigo

—Juanito, no sabía que el otro día te castigaron en el colegio.

—¡Si hubieras estado en mi pellejo, lo hubieras sabido!

301.—La tía que pega

La madre.—Ahora, Julita, sé buena muchacha, da un beso a tu tía Pilar y las buenas noches.

julita.—¡No, no! Si la beso me abofeteará, como hizo anoche con papá.

302.—A confesión de parte...

—¿Sabes dónde van a parar los niños malos los domingos?—pregunta un caballero a un rapazuelo que encuentra en su camino, provisto de caña, anzuelo y gusanos.

—Sí que lo sé. Algunos van a pescar al río; otros, como son muy traviesos, van al estanque. Yo le enseñaré a usted el mejor sitio para pescar en el estanque.

303.—Razón que convence

Una niña de corta edad trata de convencer a un condiscípulo de que le quiere más que a otro de quien el pequeñuelo está celoso, y le dice:

—Yo te quiero más que a él. ¿No has visto que procuro no saber las lecciones para que me coloquen a la cola, donde tú estás?

304.—Puntualidad inesperada

Un maestro, sorprendido de que un pequeño discípulo suyo, por primera vez, ha llegado puntual a clase, le pregunta:

—¿Qué le ha ocurrido a usted hoy?
—Que no podía dormir.

305.—El que quería compota

A un muchachito le dicen que no pida cosa alguna en la mesa.
—Mamá—dice a los postres—, si alguien me preguntase si quería más compota, diría que sí.

306.—Buen apetito

Un mozalbete de doce años come en casa de sus tíos con excelente apetito, y observado esto le dice su tía:
—Parece ser que comes bien.
—Sí—replica el muchacho—; ¿no ve usted, tía, que he estado de prácticas toda mi vida?

307.—Discusión casi parlamentaria

En un colegio se hallan dos preciosas niñas discutiendo sobre cuál de ellas es de más distinguida posición.
Ambas sacan a relucir los títulos que sus respectivos padres ostentan, y una de ellas dice:
—Mi papá es un diputado.
—Muy bien—dice la otra—; pero el mío es redactor político.
La primera de las niñas, ignorante de lo que aquello significa, quédase pensativa sin responder. Al llegar a su casa pregunta a su padre qué es lo que redactor político quiere decir, y al llegar al siguiente día al colegio, busca a su compañera y la dice, radiante de alegría, y en presencia de varias condiscípulas:
—¡Ya sé lo que tu papá es! ¡Está obligado a escribir en el periódico lo que mi papá quiere decir!

308.—El muchacho árabe

Un muchacho árabe decía que estaba ahorrando dinero para comprar unas cuantas cabras, y que después seguiría ahorrando para comprar dos o tres vacas.
—¿Y qué harás entonces?—le preguntaron.
—Venderé las cabras y las vacas, y compraré dos o tres camellos.
Al decir esto reflejó su semblante una inmensa satisfacción.
—¿Y después qué harás?

—Después —dijo reflexionando—, me casaré.

—¿Y qué harás luego?

—Luego, supongo que me habré de preparar a morir —respondió el pequeño árabe, después de una pausa.

309. —La impaciencia de Musset

Cuando el poeta francés Alfredo de Musset tenía tres años, lleváronle un día un par de zapatos rojos. Se mostró tan satisfecho, que al punto quiso ponérselos para salir a lucirlos. Pero, como antes de permitírle salir a la calle su madre se detuviera en peinar, durante demasiado tiempo, los cabellos de Alfredo el niño exclamó:

—Date prisa, mamá, porque si no mis zapatos se van a volver viejos.

310. —El lavado del gato

Un padre y su niña se hallan sentados a la mesa. Sobre ésta se encuentra un hermoso gato haciéndose la "toilette" El padre cree oportuno aprovechar la acción del felino para hablar sobre lo bello e higiénico que es la limpieza, y dice:

—¿Ves el minino qué limpio es? Mira cómo se lame las patitas y luego se frota la cabeza y las orejas. ¡Ya ves si es limpio!

—¡Yo no veo que sea limpio, sino todo lo contrario! Yo creo que es cosa sucia escupirse en los pies y frotarse con la saliva la cara.

311. —El terrón de azúcar

Marianito, muy aficionado al azúcar, pide a su mamá que le dé un terrón para Ponerlo en una tostada de manteca, y la madre se lo niega. Él parece resignado, pero al poco rato dice gravemente:

—¿Sabes, mamá, lo que ocurrió una vez? Pues que una mamá no quiso dar un terrón a su hijo para ponerlo en una tostada, y... al día siguiente se cayó a un pozo.

312. —El trasnochador

—Los niños deben estar en casa —dice un padre a su hijo, muy aficionado a salir por la noche.

—Eso pienso —responde el rapaz —cuando me hacen ir al colegio por la mañana.

313.—Las mujeres perfectas

—No he conocido más que dos mujeres realmente perfectas—dice una dama a otra.

Una niña de diez años, que está presente, interroga:

—¿Cuál es la otra?

314.—Juana de Arco

Un precioso niño se hallaba conmovido escuchando relatar a su padre la historia de Juana de Arco, hasta el punto de que al llegar la narración a la pena que se le impuso de ser quemada, no pudo contener sus lágrimas, y, abrazándose a su padre, le preguntó entre sollozos:

—Pero, pa... papá..., ¿dónde estaba la policía?

315.—El Niágara

Una niña, visitando el Niágara con su padre, y viendo tan espumarajoso el pie de aquellos inmensos saltos de agua, exclamó:

—Papá, ¡cuánto jabón se necesitará para hacer tanta lejía!

316.—El portillo

Gutiérrez tiene la boca desfigurada por la falta de un diente.

Un niño le sorprende, preguntándole:

—¿Por qué se saca usted raya en el centro de los dientes?

317.—La mujer

El maestro de cierto colegio elige el tema "La mujer", para ejercicio de composición. Uno de los muchachos explica el tema en la forma siguiente:

"Las mujeres son la única gente que siempre se sale con la suya. Hay mujeres de mil clases, y, algunas veces, una mujer puede ser como mil mujeres distintas, si es que tiene algún deseo. Son también como los gatos, que van dando vueltas a tu alrededor, refunfuñando, hasta que los despachas, y entonces se ponen ariscos. Esto es cuanto sé respecto a las mujeres: y mi papá dice que mientras menos sepa de ellas, mejor será para mí."

318.—El whisky

Un niño, cuyo padre es un bebedor empedernido, sufre una distensión en la muñeca, y su madre utiliza una botella de whisky para darle friegas. Después de algún rato, el niño siente mejoría, y, sorprendido, pregunta a su madre:

—Oye, mamá, ¿tiene papá mala la garganta?

319.—El huevo

El maestro.—¿Qué parte de la oración es la palabra "huevo"?

El muchacho.—Nombre, señor.

El maestro.—¿Cuál es su género?

El muchacho, perplejo.—¡No lo puedo decir, señor!

El maestro.—¿Es masculino, femenino o neutro?

El muchacho, con cara de satisfacción.—No puedo decirlo, señor, hasta que esté empollado.

320.—Ayudante de prestidigitador

Un prestidigitador elige un muchachito entre la concurrencia acudida a presenciar sus experimentos, para que le ayude, y le pregunta:

—¿Tú crees que puedo hacer que esa moneda de cinco duros que sujeta esa señora en la mano pase a tu bolsillo?

—No—contesta el chico con firmeza.

—¿Por qué no?

—Porque tengo el bolsillo roto.

321.—El dormilón

El padre, a su hijo, que es muy dormilón.—Jaime, debías levantarte todos los días con el sol.

El niño.—Eso está muy bien, pero ¿cómo hago para subir hasta allí?

322.—Nieto y abuelo

Arturito, que ha estado escuchando con gran interés pasajes de la Biblia, pregunta a su abuelo:

—¿Estabas en el arca con Noé?

—No—contesta indignado el abuelo—, ciertamente que no.

—Entonces, ¿cómo es que no te ahogaste?

323.—El bebedor

Un bebedor de fama confirmada, dice en presencia de un hijo suyo:
—En cierto período de mi vida, estuve dos años sin probar una gota.
Al oír esto exclama el niño:
—¡Sería en tus dos primeros años!

324.—Seguro de vida

—¿Qué es seguro de vida?—pregunta un muchacho a otro.
—Yo supongo—dice su compañero—que debe ser un negocio que hace que el hombre viva pobre durante su vida para morir rico.

325.—Los hermanitos gemelos

Un amigo de la familia dice a dos hermanitos gemelos:
—Yo creo que no os lleváis bien; que reñís algunas veces.
—Sí, señor—contestan a coro los niños.
—¡Ah, ya me lo figuraba! ¡Bien! ¿Y quién pega a quién?
Los niños exclaman a la par:
—Mamá nos pega a los dos.

326.—El descendiente de Bismarck

Un pequeño descendiente del príncipe Bismarck hallábase cierto día sentado sobre sus rodillas, cuando, de pronto, exclamó:
—¡Tío, yo creo que cuando crezca he de ser un gran hombre, como tú!
—¿Por qué, hijo mío?
—Porque eres tan grande que todo el mundo te teme.
—¿Y no preferirías que todo el mundo te amase?
—preguntóle su tío.
—No, tío; porque cuando la gente te ama, te engaña; pero cuando te teme, eres tú quien la engaña.

327—El mono

Una pequeñuela de cuatro años pide a su hermano, mayor que ella, una peseta para comprarse un mono.
—Ya tenemos mono en la casa—replica el hermano.
—¿Quién es?—interroga la niña.
—Tú.

—¿Yo? Pues entonces dame la peseta para comprar castañas para el mono.

El hermano no pudo resistirse, después de aquello, a dar lo que se le pedía.

328.—Aritméticas golosas

—Pedro, ¿qué es lo que haces a ese niño?

—Quería saber cuántos caramelos le quedarían, de los diez y siete que tenía, si le quitaba diez. Le he quitado diez, para enseñárselo, y ahora quiere que se los devuelva.

—¿Y por qué no se los devuelves?

—Porque se le olvidaría el número de los que le quedan.

329.—Democracia infantil

—No debes jugar con esa niña, hija mía—dice el padre a su hija de pocos años,

—Pero, papá, yo la quiero mucho; es muy guapa, viste muy bien, y además tiene muchos juguetes.

—Será todo lo que quieras, pero no quiero que juegues con ella—replica el vanidoso padre—: ¡es hija de un zapatero!

—¡Eso qué importa! Yo no juego con el padre, sino con la hija, y ella no es zapatero.

330.—Expresiones figuradas

Una anciana, muy amiga de expresarse con frases figuradas, está reunida con varios nietezuelos y, haciendo honor a su costumbre, les dice:

—Hijos míos, yo soy la raíz y vosotros las ramas.

—¡Abuelita!—exclama un pequeñuelo.

—¿Qué quieres, hijo?

—Estoy pensando que floreceremos mejor las ramas cuando esté la raíz bajo tierra.

331.—Una explicación

Un pequeñuelo de tres años, que tiene un hermanillo de tres meses, da la razón explicativa de la buena conducta del pequeñuelo diciendo:

—No llora porque no bebe agua como yo, y, claro, no iba a llorar leche.

332.—Los dos cuerpos

En una escuela de niñas un sacerdote pregunta a una de ellas:

—¿Quieres decirme, hija mía, quién hizo tu cuerpo?

La niña, sin otra idea de la pregunta que la referente a su personal atavío, respondió cortésmente:

—El cuerpo lo hizo mi mamá, pero yo hice la falda.

333.—Honras y días

—Mamá—dice una linda chiquilla inglesa, después de haber permanecido toda la tarde del domingo como una buena muchacha—, ¿te he honrado hoy?

—¿Por qué lo preguntas?

—Porque dice la Biblia: "Honra padre y madre y tus días serán largos", y esto ha ocurrido, porque el día de hoy ha sido el más largo que jamás he visto.

334.—Ceguera

Una dama ve que un niño atormenta a su hermanito, más pequeño que él, y le dice en tono de represión:

—¿No comprendes que no debes hacer eso? ¿Qué harías si, por pinchar a tu hermanito, se muriese?

—Me pondría el traje negro e iría a su funeral— responde el atormentador.

335.—Semejanza

—Mamá, mira por dónde va Eduardo. ¿Verdad que parece un vendedor ambulante?

—Sí, hijo mío; dime con quién andas y te diré lo que haces, dice el refrán. Todos los niños se parecen a aquellos con quienes se reúnen.

Juanito permanece pensativo, y la madre cree que sus palabras no han caída en saco roto.

Algunos días más tarde, dice el padre a la madre:

—Ahí va Guillermo mirando al suelo, como siempre; no sé por qué camina con la cabeza baja, como los rebaños.

—¡Yo lo sé!—exclama Juanito—; porque iba siempre con corderos cuando era pequeño.

336.—El potro

No hace mucho tiempo fue un niño, con su padre a ver un potro. El muchacho acarició la cabeza del animal, y trató de pasarle la mano por el lomo, pero el mozo de cuadra advirtióle que no lo hiciera, porque pudiera volverse el potro y darle alguna coz.

Cuando el niño volvió a casa preguntóle la madre qué le había parecido el potro, a lo que el niño contestó:

—Me ha parecido regular. Es bueno por delante, pero es malo por detrás.

337.—Cómo juzga la gente

—Mamá, ¿es respetable el señor Leoncio?

—Ciertamente. ¿Por qué lo preguntas?

—Porque como lleva un traje tan viejo...

—Tú no debes juzgar a las personas por la ropa que visten; eso no lo hacen más que los tontos.

—Entonces todo el mundo es tonto—contestó el muchacho.

338.—El resorte

El señor X lleva un día a su casa una linda muñeca

para su pequeñuela. El juguete llevaba en su interior un sencillo mecanismo, que le permitía, al apretarle, emitir sonidos imitativos de la voz humana.

Aquella misma tarde se hallaba la niña sentada sobre las rodillas de su padre, y varias veces oprimió la pechera del autor de la camisa que lucía el autor de sus días, sin obtener el resultado que esperaba, hasta que, viendo que eran inútiles sus esfuerzos, alzó la cabecita y, mirando a su padre, le preguntó:

—Papá, ¿por qué no hablas?

339.—El rezo

Dos hermanitas rezan el Padrenuestro antes de acostarse. Al terminar la oración, la más pequeña dice a su madre, en tono confidencial:

—Mamá, Clarita sólo ha pedido el pan suyo de cada día, pero yo he pedido pan y leche.

340.—El precio.

El maestro, a un discípulo.—¡Dígame usted la definición de "precio"!
El discípulo.—Precio quiere decir dos reales.
—¿Cómo dos reales? ¿Qué quiere usted decir con eso?
—Digo eso porque, al venir a clase, he visto un cartel anunciador del Circo donde decía: Precio, dos reales.
Un muchachito, interrumpiendo.—Sí, señor, y además decía: "Niños y militares sin graduación, un real."

341.—El padecimiento mayor

—No puedes figurarte lo que sentí el que te rompieras el brazo. Supongo que padecerías mucho, ¿no?—pregunta un muchacho a otro.
—Mucho—replica el compañero—; pero lo que más me hacía padecer era el no poder llevar las manos en los bolsillos.

342.—De caza

Un médico rural salió de caza, acompañado de un muchacho. Habían dado pocos pasos por un campo sembrado de alfalfa, cuando, de pronto, quedóse de muestra el perro que llevaban. El muchacho, entusiasmado, exclamó, dirigiéndose al facultativo:
—¡Recétele usted!
—¿Por qué me dices eso?—interrogó el galeno.
—Porque si receta usted a ese conejo, muere, de seguro.

343.—Los sentidos corporales

En una escuela el maestro pregunta a un muchacho de nueve años:
—¿Cuántos son los sentidos corporales?
—Siete—responde éste sin titubear.
—Enumérelos usted—ordena el pedagogo.
—Gusto, es uno; tacto, son dos; olfato, son tres; dos oídos, cinco, y dos ojos, siete.

344.—Los pollitos

—Debes acostarte al anochecer—dice una madre a su hija de pocos años—; los pollitos se acuestan cuando se pone el sol.
—Pero—replica la sagaz muchachita—, también se acuesta con ellos la gallina.

La madre no intenta emplear con ella nuevos argumentos.

345.—Los huevos

—Juanito, lleva esos huevos a la tienda, y si no te los pagan a diez reales docena, los traes a casa.

Al poco rato vuelve Juanito a casa con los huevos, y dice a su madre, con gran suficiencia de comerciante:

—Querían quedárselos a tres pesetas docena pero no he querido venderlos.

346.—La peseta y el prójimo

—¿Quisieras que yo te diera una peseta?—pregunta un pequeñuelo a un caballero.

—¡Ya lo creo!—contesta éste.

—¡Muy bien! Pues haz con el prójimo lo que quisieras que hicieran contigo.

347.—La mitad de la cama

Un niño acude a su madre en queja de que su hermano ocupa la mitad de la cama.

—¿Por qué no ha de ocuparla?—pregunta la madre—.

El tiene derecho a ocupar la mitad.

—Sí, mamá—dice el niño—pero es que mi hermano ocupa la parte más blanda, puesto que se acuesta en el centro de la cama, y yo tengo que dormir a sus dos lados.

348.—El tercero de la clase

—¡Papá, estoy el tercero en clase!

—Lo celebro mucho. ¿Y cuántos estáis en la clase?

—Tres, papá.

349.—Todas niñas

—En otra época todas fuimos niñas, como vosotras, hijas mías—dice la profesora; a lo que replica una de las pequeñas discípulas:

—Pues si eran ustedes todas niñas, ¿quién cuidaba de las criaturas?

350.—Los dones del Creador

Un rapazuelo es preguntado un día por el maestro:

—¿Sabes por qué el Creador nos ha dado dos ojos, dos oídos y solamente una lengua?

Después de una pausa responde aquél:

—Para que veamos y oigamos dos veces lo que decimos.

351.—"El Tiempo"

—Papá—dice un niño a su padre, que está leyendo "El Tiempo"—, ¿come la gente periódicos?

—¿Por qué preguntas eso?

—Porque ayer oí quejarse a un hombre de la dureza del tiempo.

352—El salario

El maestro lee un párrafo que dice: "El salario del pecado es la muerte", y queriendo que los discípulos saquen por deducción lo que la palabra "salario" significa, pregunta a uno de los alumnos:

—¿Qué es lo que su padre toma el sábado, cuando termina su trabajo?

El muchacho responde inmediatamente:

—Una borrachera.

353.—El palillo del tambor

Un niño arroja al pozo el palillo de su tambor. En vano ruega después a sus padres, al jardinero y a los criados de la casa que saquen el palillo del pozo. Nadie le hace caso.

En su desesperación, el muchacho tiene una idea luminosa. Secretamente coge la vajilla de plata del aparador del comedor, y la arroja al pozo. La consternación es enorme en la casa cuando se echa en falta la vajilla; los padres del niño comienzan activas indagaciones para descubrir a los autores del robo, y cuando mayor es la confusión y la alarma, entra Juanito precipitadamente en la habitación donde están sus padres, y dice:

—¡ Ya sé dónde está la vajilla!

—¿Dónde?—gritan aquéllos, jubilosos.

—En el pozo.

La familia corre al pozo y, al inclinarse sobre el brocal, ve, efectivamente, que los platos y fuentes de plata brillan en el fondo de aquél. Se busca una escalera, y uno de los criados se dispone a descender en busca de lo que se creía robado.

En el preciso momento en que el criado baja los primeros peldaños, le dice el niño al oído:

—Ya que bajas, te agradeceré que cojas el palillo de mi tambor.

354.—El niño cartero

Una dama de la más alta respetabilidad, que vive en una lujosa morada, tiene un hijo encantador, muy activo, observador y con raras condiciones imitativas. Ha observado el muchacho que el cartero lleva todos los días infinidad de cartas a su casa, y que, una vez entregadas, sale precipitadamente. Esta observación sugiere al niño la idea de hacerse cartero.

Un día penetra en el despacho de su padre, coge veinticinco o treinta cartas que halla sobre la mesa y las distribuye entre los vecinos de la casa. La madre se queda sorprendida cuando, aquella misma tarde, se presenta un vecino con una carta abierta, que alguien echó por debajo de la puerta de su habitación.

Pero la sorpresa de la madre crece de punto cuando se presentan quince o veinte vecinos, unos tras otro, llevando cada uno una carta abierta y diciendo todos que las han abierto sin fijarse en que no iban dirigidas a ellos. El muchacho oye todo aquello, orgulloso de ser tan buen cartero.

Pero lo que más sorprende a la madre es que, como si se hubiesen puesto de acuerdo, todos los portadores de las cartas afirman no haber leído una sola palabra del contenido de las mismas.

355.—El aguinaldo

Un pequeñuelo penetra en una confitería y pide al dueño del establecimiento una caja de bombones como aguinaldo de Navidad. El confitero pregunta al muchacho:

—¿Y tú con qué derecho pides un aguinaldo, cuando no te he visto en mi vida?

—Sabe usted, señor—replica el muchachito—; yo soy el chico que todos los días mira el reloj de su tienda, a través del escaparate, para saber la hora que es cuando voy a trabajar.

356.—El cabello rizado

—Elisita, hija mía—dice una señora de edad a una sobrinita—, no te rices el pelo; si Dios lo hubiera querido, tendrías el cabello rizado.

—Así lo hizo, tía, cuando era pequeñita; pero ahora debe pensar que, siendo mayor, puedo rizarlo yo misma.

357.—La niña acatarrada

La pequeña Nati está acatarrada y padece una extremada ronquera.

Una señora va de visita a la casa, penetra en el dormitorio de la niña y le dice:

—¡Cuánto siento que estés tan ronca!

Nati baja la cabecita y dice:

—Usted perdone que apenas me quede voz para darle las gracias.

358.—El niño goloso

Un pequeño gramático llega a casa del colegio y pide a su madre dulce de ciruela. La madre se lo niega.

El niño pide nuevamente a su madre que le dé unos bombones de chocolate. La madre tampoco le concede este capricho.

Al poco rato encuentra la madre a su hijo en el comedor, tomando dulce de ciruela y bombones de chocolate, que ha sacado del armario.

—¿No te he dicho que no quería que comieses dulce ni bombones?

—Sí, mamá—replica el diminuto gramático—; pero como has dicho "no" dos veces, y dos negaciones, según dice el maestro, son iguales a una afirmación, yo creí que debía comerlo.

359.—El que rompía cáscaras

—Mamá, ¿hay mal en que yo rompa las cáscaras de los huevos?

—Ciertamente que no; pero ¿por qué me lo preguntas?

— Porque he dejado caer la cesta de los huevos, y... ¡mira cómo me he puesto con las yemas!

360.—La cama... de los cerdos

—¿Por qué no te levantas temprano, hijo mío? ¿No ves que hasta los cerdos madrugan?

—También yo lo haría si tuviera la cama tan sucia como la tienen ellos.

361.—Cleopatra

El maestro.—Levántese usted y dígame quién fue Cleopatra.

El niño.—Cleopatra fue hermana de una de las pirámides de Egipto, y tuvo un fin tan desgraciado por haberse tragado una avispa.

El maestro.—¡Bien, muy bien! Usted llegará a ser jorobado.

362.—Dos atracciones

—Juan, ¿puede usted indicarme la diferencia entre la atracción de gravedad y la atracción de cohesión?

—Sí, señor; la atracción de gravedad hace que un borracho caiga al suelo, y la atracción de cohesión impide que se levante.

363.—La paliza

—¡Vaya usted v acuéstese en el retrete!—le dice un padre incomodado a su hijo—. Si no fuera porque hay personas extrañas en casa, ahora mismo te daba una paliza; pero mañana, antes de almorzar, no te escaparás sin ella.

El. niño se va a su encierro pensativo y lloroso, mientras las visitas siguen divirtiéndose hasta muy tarde. Cuando la reunión, al fin, se disuelve, y se disponen a abandonar la casa, el niño entreabre la puerta del retrete y dice a su padre, asomando con precaución la cabeza:

—Papá, ¿quieres darme la paliza ahora? Porque si no, no podré dormir esta noche.

364.—Los géneros

—¿Cuáles son los géneros?—pregunta una maestra a sus discípulas.

—Tres—responde una linda rubita de ojos azules.

—Enumérelos usted.

—Masculino, femenino y neutro.

—Póngame un ejemplo de cada uno.

—Usted es femenina, porque es mujer; su esposo es masculino, porque es hombre, y... yo no lo sé, pero creo que mi tío es neutro... porque es un viejo solterón.

365.—Una injusticia

La institutriz.—Si yo diera doce manzanas a Margarita, diez a Elisa y dos a ti, ¿qué sería eso?

La niña.—¡Sería una injusticia!

366.—En una diligencia

La mamá.—Toma este billete, Rosita.
La niña.—¿Para qué es esto, mamá?
La mamá.—Para que seas una buena niña.
La niña, después de una breve pausa.—¡Pues dáselo a papá!

367.—El desprendido

Un caballero regala a Augusto dos juguetes.

—Voy a darle éste a mi hermanita—exclama, enseñando a su madre el mayor de los dos juguetes que ha recibido.

—¿Porque es el más bonito?—pregunta la madre, sorprendida, pero encantada por la generosidad de su hijo.

—No—responde éste—; porque está roto.

368.—El vuelo de la mosca

—¡Muchachos!—dice un maestro—, quiero que oigan ustedes el vuelo de una mosca!

Todos guardan, durante unos instantes, un profundo silencio, hasta que exclama uno de los discipulos:

—¡Ya puede usted soltar la mosca!

369.—Respuesta de examen

Un profesor interroga a un pequeño estudiante de aspecto inteligente:
—¿Qué significa la palabra "herencia"?
—Patrimonio—responde el examinado.
—¿Y qué es patrimonio?
—La propiedad heredada de un padre.
—¿Y cómo llamaría usted a la propiedad dejada por una madre?
—¡Matrimonio, !a cosa es clara!—responde el muchacho con aire de suficiencia.

370—La estatua

—¿De quién es esa estatua, mamá?
—Del duque de Wellington.
—¿Y por qué le hicieron la estatua y la colocaron ahi arriba?
—Porque fue un gran hombre y un hombre bueno.
—¡Oh! Entonces ¿dónde colocarán la estatua de papá?

371.—Explicación que no convencería

La maestra.—¡Estoy avergonzado de usted, señorita! Cuando yo tenía su edad sabía leer tan bien como lo hago ahora.

La niña.—¡Ah, pero usted tendría una profesora distinta de la que tenemos!

372.—Una coqueta precoz

Pilarín, de nueve años, dice, en tono de queja, a un amigo de la casa:

—¡Ya ve usted! Mamá tiene empeño en que yo vaya aún vestida de niña, para que no delate su edad.

373.—Adán y Eva

—Oye, mamá, ¿siempre fueron Adán y Eva en el Paraíso vestidos con tan poca ropa?

—Siempre, hija mía.

—Entonces, ¿qué es lo que hacían cuando iba alguien de visita?

374.—Los surcos

Una vez un padre dijo a su hijo:

—¡Qué frente más espaciosa tienes! ¡Es igual que la de tu padre, podrías ir en coche por ella!

—Sí, papá—respondió—; pero en la tuya se ven los surcos que han dejado las ruedas.

375.—El gusto de castigar

—Si te castigo—dice una madre a su hijo—, ya comprenderás que no lo hago por mi gusto.

—¿Pues de quién es el gusto, mamá?

376.—El alabancioso

Juanito conduce a un amigo al jardín para enseñarle un conejar que ha construido, y le dice:

—Esto lo he sacado yo de mi cabeza.

Su hermano, ansioso de intervenir en la conversación, exclama:

—¡Y aún le ha quedado madera para hacer otro!

377.—La escalera de Jacob

Luisito pregunta a su madre:

—¿Cómo es que Jacob vió en sueños que los ángeles subían al cielo por una escalera? Yo creía que los ángeles tenían alas.

—Y las tienen—responde la madre.

—Pues si las tienen—pregunta el niño—, ¿para qué necesitaban la escalera?

378.—La "pimienta"

A un niño que "hace pimienta", le pregunta un condiscípulo:

—¿No temes que te peguen cuando vuelvas a casa?

—¿Y qué vale que te peguen dos minutos, si has jugado cinco horas?

379.—El hijo del cazador

Dos niños sostienen el siguiente diálogo:

—Mi padre mató el otro día novecientas noventa y nueve palomas.

—¿Por qué no mató ya un millar?—replica el compañero, poniéndolo en duda.

A lo que el otro responde:

—¿Crees tú que mi padre iba a mentir por una paloma?

380.—Dispuesto a todo

—Guillermo, como salgas a la calle te pego.

—Pero si me pegas ahora, ¿me dejarás salir luego?

381.—Curiosidad castigada

Un joven pregunta a Juanita, con cuya hermana está en relaciones amorosas:

—¿Habla tu hermana alguna vez de mí?

—Sí—responde la niña—dice que con una de tus botas podría yo hacer una cuna para mi muñeca.

382.—En una boda

Se celebra la boda con un almuerzo en un hotel. Hay una pausa en la conversación general, y el nuevo esposo, dirigiéndose a su cuñadita de siete años, que se halla en el otro extremo de la mesa, le dice:

—Julita, ya tienes otro nuevo hermano.

—Sí—replica la niña—; pero dijo papá el otro día que no habías de servirnos para mucho, y que había consentido en que fueras mi hermano porque era, probablemente, la última ocasión que se le presentaba a mi hermana.

Después de aquella respuesta, todos enmudecieron.

383.—La nada

Un pedagogo hace la siguiente pregunta en clase:

—¿Qué es nada?

La clase guarda un largo silencio, al cabo del cual, un muchachito que es muy aficionado a buscarse propinas, exclama:

—Cuando un caballero te pide que le guardes el caballo y no te da más que las gracias.

384.—Desconsuelo

Un granujilla pide a una dama que le dé alguna ropa vieja, que no le sirva. La señora le da una chaqueta y unos pantalones.

El muchacho se queda mirando las prendas, y, con expresión de desconsuelo, exclama:

—¡Qué lástima! ¡No tienen bolsillo para el reloj!

385.—Testigo falso

—¿Qué es ser un testigo falso?—preguntan a una niña. Esta contesta:

—El que un individuo no haya dicho nada, y alguien cuente lo que ha dicho.

386—Por la tangente

—¿De quién son esos cerdos, muchacho?

—De aquella marrana.

—Quiero decir que quién es el amo.

—Aquel pequeño es el que se ha hecho el amo. Es el que mejor riñe.

387.—La niña ronca

Anita, de cinco años, va a visitar a una tía suya un día en que aquella padece un fuerte catarro. Durante la visita, Anita da cuenta a su tía de su aprovechamiento en el colegio, y la dice que sabe leer mejor que Juanita, que tiene ocho años. La tía le dice:

—¿No sonaría eso mejor en boca de otra que no fueras tú misma?

—Indudablemente—replica la niña—, porque yo estoy algo ronca.

388.—Servidor del diablo

A un aprendiz que observa mal comportamiento, le dice el amo:

—¿Hasta cuándo vas a servir al diablo?

El muchacho le responde:

—Mi contrato con usted termina dentro de dos meses.

389.—Influencia en el carácter

Un maestro leía en clase a las niñas un libro que trataba de la instrucción en la formación del carácter de los niños. Dirigiéndose a una pequeñita le pregunta:

—¿Qué hubieras sido sin tu buen padre y sin tu piadosa madre?

La niña contesta sin dudar:

—Una huérfana.

390.—Gran Pompa

—¿Quién era Gran Pompa?—pregunta un pequeño estudiante a su padre.

—Pompeyo el Grande, que es lo que querrás decir, fue un general romano, que vivió hace muchísimos años.

—Ese no debe ser, porque no hace tantos años que fue enterrado. El que yo digo debió ser francés...

—¿Por qué crees que fue francés?

—Porque mi maestro dice que Napoleón fue enterrado con Gran Pompa, y yo nunca oí hablar de él.

391.—El bastón

El padre, dirigiéndose al hijo, que ha traído malas notas del colegio.— Ahora, Juanito, ¿qué debería hacer yo con este bastón?

El hijo.—Irte de paseo.

392. — Historia de médico

Un médico amigo mío relatóme hace tiempo la siguiente historia:

"Tuve gran suerte en mi profesión, y pronto escalé una posición envidiable. Casé con una mujer encantadora, por sus condiciones físicas y morales, y tuve dos hijos. Mi felicidad conyugal era completa. Pero empecé a frecuentar amistades que rendían culto al Dios Baco, y pronto me convertí en un esclavo de su poder. Antes de que pudiera darme cuenta de ello, estaba convertido en un beodo. Mi noble esposa jamás me dirigió una palabra de reproche, de amargura. Desatendí mis asuntos y llegó día en que hubo de faltarnos en casa lo más preciso.

Una hermosa mañana mi esposa salió a misa y me dejó en la cama profundamente dormido, puesto que necesitaba reposo después de la crapulosa noche que había pasado. Un ruido sobre el piso de mi habitación hízome despertar sobresaltado. Al abrir mis ojos vi a mi hijo de seis años dando volteretas sobre la alfombra, mientras su hermanito mayor le decía: "Ahora, levántate y vuelve a caer sobre el suelo, como lo hace papá. Vamos a jugar a los borrachos." Me fijé en cómo mi pequeñuelo imitaba mis movimientos de beodo; un actor eminente no hubiera hecho una imitación tan perfecta.

Me levanté avergonzado y salí de casa lleno de remordimiento. Anduve mucho, con el pensamiento fijo en la escena que había presenciado, prueba vergonzosa del mal ejemplo que daba a mis hijitos. La frase que escuché a mis pequeñuelos: "Vamos a jugar a los borrachos, como papá", quedóse tan grabada dentro de mi alma, que curé radicalmente de vicio tan repugnante."

393. — El calvo

Una niña, después de mirar fijamente a un caballero completamente calvo, pero que usa barba cerrada, dice a su madre:

— A ese señor le han puesto la cabeza al revés.

394 — Una pregunta

— ¿Qué quiere decir: Amaos los unos a los otros?

— pregunta una hermosa rubita de tres años a su hermana de seis.

— Que yo he de amarte; que tú has de amarme. Yo soy, los unos y tú eres los otros — fue la respuesta.

395.—Las perras

—¿Me darás ahora las perras?—dice un golfillo vendedor de periódicos a otro muchacho más pequeño que él, al que acaba de dar una paliza.

—No, no te las daré.

—¿No? ¡Pues te voy a dar otra paliza!

—Haz lo que quieras, pero las perras no te las doy. Estoy conforme con un señor, al que le oí decir el otro día: "Cuida las perras, que las onzas ellas solas se guardan."

396.—Misiva de un niño

El editor de un periódico para niños recibió la siguiente misiva de uno de sus pequeños suscriptores: "Tenga usted la bondad de hacer que cese la publicación de su periódico. Nuestra querida Anita murió el lunes después de leer el último número."

397.—La niña del ausente

El padre de Marujita embarca para América. Durante su ausencia, la niña pide a Dios en sus oraciones diarias que tenga cuidado de su papá, y que le bendiga.

Al regreso de su padre, Marujita deja de rezar por él, y entonces su padre le pregunta:

—¿Por qué no rezas ahora por tu papá?

—Porque ahora—contesta la niña—ya le tenemos en casa y podemos tener cuidado de él nosotras.

398.—Un poeta en agraz

Mientras rezan el rosario sus compañeros con el profesor, un travieso muchacho escribe en su pizarra la siguiente cuarteta, que, al pasar de mano en mano, causa gran regocijo entre los escolares:

> Suben ratas y ratones
> corriendo por la escalera,
> para rezar el rosario
> con el maestro Ciruela.

El pedagogo descubre la rima y, dirigiéndose al autor, le dice:

—Como castigo, le doy a elegir a usted entre hacer otra cuarteta en cinco minutos, o recibir una docena de palmetazos.

El poeta en agraz recapacita por breves momentos y exclama en alta voz:

>Me da el maestro a elegir
>entre el verso o las palmetas.
>La cosa no tiene duda;
>por eso hago esta cuarteta.

399.—El vendedor de cerillas

Un vendedor callejero.—¿Una caja de cerillas, caballero?
El caballero.—No; no fumo.
El vendedor.—Cómpreme usted una caja y yo le enseñaré a fumar.

400.—Un encargo

Un niño interno en un colegio, escribe a su madre:
"Haz el favor de enviarme un buen cepo para cazar pájaros, y un almohadón para arrodillarme cuando rezamos."

401.—El dibujante

El maestro recuerda a un muchachito que es domingo, y no debe dibujar en la pizarra.
—¡Ya lo sé—contesta—; pero lo que dibujo son iglesias y curas!

402.—Ni gallina, ni ángel

La mamá de Luisita le quita a la niña una sortija y los pendientes, para bañarla, y la dice:
—Ahora podía yo volar con tus alhajas.
—No—responde prontamente Luisita—; porque tú no eres una gallina, ni un ángel.

403.—Producción musical

—Pepito, tráeme una producción musical que he dejado en el comedor.
El niño vuelve a los pocos momentos, y pone un huevo sobre el atril.
Al ser preguntado por lo que aquello significa, exclama:

—Esa es la última producción; la autora o compositora está ahora mismo cantándola en el gallinero.

404.—El interesado olvidadizo

—Si alguno te dejase en su testamento cinco mil pesetas, ¿rezarías por él?—pregunta un sacerdote a un mozalbete.
—No, señor—responde—-; rezaría por otro como él.

405.—El que quería verse favorecido

Un viejo solterón le pregunta a un sobrino suyo, de ocho años:
—Carlitos, ¿qué quieres ser?
—Quiero ser rico—contesta el muchacho.
—¿Por qué?
—Porque quiero verme favorecido, y mamá dice que tú eres un idiota, pero como eres rico te ves favorecido.

406.—Las manzanas

Anita pregunta un día a unas amiguitas suyas, que pasean con ella por un jardín:
—¿Cómo haría Dios las manzanas?
A lo que responde una compañera:
—Pues como hizo la luz. Dijo: "Háganse las manzanas", y ahí tienes las manzanas.

407.—Examen de catecismo

Examinando de catecismo, pregunta el profesor a un mozalbete:
—¿Cómo castigó Dios a Adán por desobedecerle en el Paraíso?
El preguntado contesta rápidamente:
—Lo arrojó del jardín, le arrancó una costilla e hizo con ella una esposa.

408.—La afición del niño

La cocinera, a Luisito:
—Luisito, los niños no deben entrar en la cocina.
¡Qué afición le tienes!
Luisito a la cocinera:
—No, yo no tengo afición a la cocina, sino a lo que se guisa.

409.—En un desfile

Con ocasión de los funerales del duque de Wellington, una linda criatura de cinco años, que desde una ventana presencia el desfile, ve pasar la comitiva sin hacer la menor observación, hasta que, viendo desfilar al caballo del héroe, llevado de la brida con la montura y las botas invertidas sobre los estribos, pregunta a su madre:

—Oye, mamá: ¿cuando nosotras muramos no quedará de nosotras más que las botas?

410.—El ratón mecánica

Una señora entra con su niño en un bazar, elige un ratón mecánico, y pide al dependiente le dé cuerda para que el niño lo vea correr por el suelo. Así la hace el dependiente, y el niño, después de no dar la menor muestra de entusiasmo por el juguete, exclama:

—¡En casa he visto muchos como éste, y no hay necesidad de darles cuerda!

411.—Arrepentimiento

Un pequeñuelo de cuatro años, en un acceso de cólera por haberle su padre contrariado, le llama idiota. El padre, con gesto de gravedad, abandona la habitación. La mamá aprovecha la oportunidad para recriminar al niño por la falta de respeto que ha cometido, y le invita a que dé un beso a su padre y le pida perdón.

Cuando el papá regresa, el niño, sonriente, le besa una y otra vez, y exclama:

—¡Papá, siento muchísimo que fueras un idiota!

412.—El que había silbado

—¡Alguien ha silbado!—exclama el maestro—. Usted, señor López, acérquese; indudablemente ha sido usted.

El muchacho, que es uno de los mayores de la clase, se adelanta y extiende la mano, dispuesto a recibir un palmetazo. En aquel preciso instante se adelanta un alumno de los más pequeños, y extiende su mano, al propio tiempo que dice:

—Yo soy el que ha silbado.

El maestro se calma y ordena a ambos discípulos vuelvan a sus asientos.

El noble pequeñuelo pensó que el maestro le pegaría si decía la verdad; pero sabía que el compañero, mayor que él, lo haría, si no la decía.

413.—De vacación

—¡Vengan ustedes aquí en seguida!—exclama un padre, perdida la paciencia a causa del ruido infernal que producen sus hijos— ¡Bramáis como las vacas!

—¡Claro, papá!—exclama uno de los rapaces— ¿No sabes que estamos hoy de vacación?

414.—El que se arrepiente

La mamá.—¡Bien, Jaime; te perdono por esta vez!

Has hecho muy bien en escribirme esa carta diciéndome que estabas arrepentido de tu falta.

Jaime.—Sí, mamá; pero no rompas la carta.

La mamá.—¿Por qué?

Jaime.—Porque puede servir para otra vez.

415.—El cartel

Un pequeñuelo contempla un cartel ilustrado de la escuela, en el que hay dibujado un toro persiguiendo a un muchacho.

Al día siguiente se para de nuevo delante del cartel, y exclama inocentemente:

—¡Aún no lo ha cogido!

416.—El Año Nuevo

—Di, hijo mío, ¿has deseado al maestro un feliz Año Nuevo?

—No, papá.

—¿Por qué?

—Porque como el maestro no es feliz más que cuando nos castiga, creí que si le deseaba que fuera feliz me hubiera pegado.

417.—El bizco

Un mozalbete descarado pregunta a un individuo bizco:

—¿Ha nacido usted a mediados de semana?

—¿Por qué lo preguntas, insolente?

—Porque veo que mira usted a un lado y a otro, buscando el domingo.

418.—El niño generoso

Frecuentemente era puesta a prueba la generosidad de Ricardito, a quien sus padres habían comprado un caballo y un perro de cartón.

Para ver qué era lo que el niño decía, un amigo de la familia le preguntó:

—¿Qué juguete de los dos me regalas?

El muchacho recapacitó breves instantes y replicóle:

—Puede llevarse usted el caballo.

Sorprendido el padre por aquella insospechada generosidad de su hijo, le preguntó:

—¿Y por qué no le regalas el perro?

A lo que el niño respondió en voz baja:

—¡No digas nada, papá! Cuando vaya a llevarse el caballo, le azuzaré el perro.

419.—El que no saludaba

La esposa del maestro, severamente, le pregunta a uno de los alumnos de su marido:

—¿Por qué no se quita usted el sombrero cuando me ve?

El alumno responde:

—Porque si me quito el sombrero cuando la veo, ¿con qué saludo a su esposo si le veo entonces? Tendría que quitarme la chaqueta!

420.—La llorona

Enriquetita llora porque la lavan. Su hermanito, que presencia la operación, exclama:

—¡Sí llora así en el cielo, no me extrañaría nada que la envíen de nuevo aquí abajo!

421.—Secreto descubierto

A los postres la madre da a su hijo la cantidad de fruta que juzga suficiente, y le dice: —No pidas más.

Al poco rato, con gran sorpresa, dice el niño:

—Si no me das una fruta diré una cosa.

La madre vuelve sobre su acuerdo y le da más fruta. Pero tan pronto como termina el niño de comérsela, hace nueva petición. La madre, incomodada, ordénale que se levante de la mesa y se retire del comedor.

El muchacho lo hace, pero a tiempo que llega a la puerta se vuelve y dice en voz alta:

—Mi traje nuevo lo ha hecho mamá de una cortina vieja de su alcoba.

422.—Signos de puntuación

El maestro de una pequeña población encontraba no pocas dificultades para conseguir que sus discípulos observasen, al leer, la diferencia entre la coma, el punto y coma, los dos puntos y el punto final, e ideó un sistema con el cual pensó inculcarles suficientemente el arte de puntuar. Así, pues, durante la lectura, al llegar a una coma hacía que los niños dijeran "tic"; al llegar al punto y coma, "tic, tic"; al llegar a los dos puntos, "tic, tic, tic", y al llegar al punto final, "tic, tic, tic, tic".

Aconteció que un inspector de escuelas anunció su visita, y el maestro, deseoso de que los alumnos demostrasen su aprovechamiento, les hizo hacer nuevos ejercicios de lectura antes del examen, diciéndoles que, al leer delante del inspector, debían suprimir los "tics", si bien debían pensar en ellos para dar a las frases, con los silencios, el justo valor.

Llegó el día anunciado, y penetró el inspector en la clase, sonriente y con el convencimiento de que los exámenes merecerían su aprobación. Pero dió la casualidad de dirigirse a un muchacho que no había asistido a la escuela durante los últimos días, y que, por consiguiente, ignoraba las instrucciones del profesor.

El inspector" indicó al muchacho un capítulo del "Antiguo Testamento", para que leyese, y el alumno, con voz clara y poniendo en la lectura sus cinco sentidos, leyó:

"Y el Señor, "tic", dirigiéndose a Moisés, "tic", le dijo: "tic, tic, tic", habla a los hijos de Israel, "tic, tic, tic, tic."

La lectura produjo un estallido de hilaridad entre los condiscípulos y el inspector, y no hay para qué decir que al pobre maestro le entró como una ducha de agua helada.

423.—El sistema italiano

Un profesor se dirige, incomodado, a un rapazuelo de su clase, y le pregunta:

—¿Cómo quiere usted que le castigue?

El rapaz le contesta:

—Prefiero el sistema italiano: los golpes fuertes al levantar el brazo, y los flojos al dejarlo caer.

424.—Examen de doctrina

Unos días antes de tomar su primera comunión, fue un muchachito a examinarse de doctrina. El sacerdote, sabiendo que su amiguito no tenía profundos conocimientos, preguntóle cuántos eran los Mandamientos. Después de reflexionar por algunos minutos, respondió el muchacho:

—Muchos, tal vez cien.

El sacerdote, incomodado por la intolerable ignorancia, le dijo que no podía comulgar. Al volver el muchacho a casa se encontró con un amigo que también iba a examinarse, y le preguntó:

—¿Qué dirías si te preguntase el sacerdote cuántos son los Mandamientos? —Pues diría que son diez.

—¡Sí, sí!—exclamó el muchacho—, ¡Le he dicho yo que cien, y no se ha conformado; conque para que le digas tú que son diez!

425.—La omnipresencia de Dios

Un sacerdote habla sobre la omnipresencia de la Divinidad, y pregunta:

—¿Puede alguno de ustedes nombrarme alguna parte donde no se halle Dios?

—Sí, señor—responde tímidamente una muchachita.

—¿Dónde?

—En los pensamientos de los malvados—replicó la niña.

426.—Contradicción rechazada

—Rafaelito, quiero oírte decir la lección—dice el padre.

El niño, que no brilla por estudioso, contesta:

—¿Pero no me has dicho hace poco que no querías oírme?

427.—Leche caliente

—¿Cómo es que está la leche tan caliente?—pregunta una señora al muchacho que, diariamente, se la lleva a casa.

—Verá usted, señora. Se rompió el asa del cántaro y tuvo mi padre que echar mano al agua caliente del caldero.

428.—El que era bruto

Pablito ha golpeado a su hermanito.

—¡Eso está muy mal hecho!—exclama la madre—.¡Qué empeño tienes en ser bruto!

Algunos días después entra Pablito en el gabinete donde su madre se encuentra, y le dice:

—¡Mamá, he sido otra vez bruto!

429.—La llegada del hermanito

Ramoncita escribe a una amiga:

"Ayer llegó un nuevo hermanito y papá estaba de viaje. Menos mal que tuvimos la suerte de que mamá se hallase en casa para recibirlo, y tener cuidado de él."

430.—El Diluvio

Josefina y Pepito eran muy aficionados a poner en práctica cuantas cosas oían. Particularmente les interesaban los asuntos bíblicos, y, entre éstos, llamó poderosamente su atención el relato del Diluvio.

Un día la madre, después de la comida, recoge los platos y deja todo en una artesa. Al poco rato oye los gritos de júbilo de los niños, y, al entrar en la cocina precipitadamente, oye a la niña que dice:

—¡Mamá, mira: he hecho un Diluvio y se están ahogando todas las cosas de mamá!

La artesa estaba llena de agua fría y a punto de inundar la cocina. No hay para qué decir que la madre hizo que cesase la lluvia y propinó una buena azotina a los traviesos hermanitos.

431.—La nariz

Leonor sufre una caída y los padres se alarman por creer que la niña se ha partido la nariz.

Se la pone un vendaje, para contener la hemorragia, y algunas horas después, al tratar la madre de levantárselo, grita la niña:

—¡No me lo quites, mamá, que se me caerá la nariz!

432.—La sal

El padre se olvida de hacerle plato a su Benjamín, y el niño le dice:

—Papá, ¿quieres darme la sal?

—¿Para qué la quieres?

—Para la carne que vas a servirme—replica el niño.

433.—El que vivía con su tío

Un niño de corta edad vivió durante algún tiempo con un tío suyo que estaba atravesando una época de penuria tal, que apenas podía llevar a su casa lo más preciso para el sustento de la familia.

Cierto día, en ocasión en que tío y sobrino iban de paseo, tropezaron con un amigo del primero que llevaba un hermoso galgo. El niño, que jamás había visto perros de aquella raza, abrazóse al cuello del animal y exclamó:

—¿Vives también con el tío, que estás tan flaco?

434—Lo que decía mamá

—¿Qué has aprendido hoy en el colegio?—pregunta un padre a su hijo.
—He aprendido el femenino: mamá, es femenino.
—¿Y tú, qué eres?
—Masculino.
—¿Y yo?
—Tú, papá, eres singular. Así lo dice mamá.

435.—Un viaje en tren

Un niño, de seis años, juega a "los trenes" con su hermanita, de tres. Mientras él se ha repartido los papeles de maquinista y mozo de estación, la niña, sentada en una banqueta, hace el papel de viajera.

Después de imitar el silbido, y el escape del vapor de la locomotora, el niño para el convoy y grita:

—¡Madrid, cinco minutos!

Algunos momentos después hace el muchacho una nueva parada, gritando de nuevo:

—¡Barcelona, cuatro minutos!

Con este nuevo grito se le agota al niño el repertorio de poblaciones, y cuando vuelve a parar el tren se le ocurre decir:

—¡El Paraíso, parada y fonda!

La niña, al oír esto, exclama:

—¡Qué bonito sitio! ¡Aquí me apeo!

436.—La leche

—Mamá, ¿de dónde sacan la leche de las vacas?

La madre, que no sabe cómo explicárselo, le dice:

—¿De dónde sacas tú tus lágrimas?

Después de un largo silencio, vuelve a preguntar la niña:
—Oye, mamá, tienen que azotar a las vacas?

437.—La hora del reloj

Un zagalote lucía una gran cadena de reloj. Un amigo le pregunta: —Oye, chico, ¿qué hora es?

El zagal saca el reloj ceremoniosamente, y, después de examinar la esfera por algún tiempo, pregunta:

—Dime, ¿lo que marca esta saeta son las nueve o las once?
—Las siete—le responde el amigo.
—Entonces—le dice el zagalote—, son las ocho menos medio dedo.

438.—La vuelta

Luisita fue enviada a un pueblo con una prima suya. A los pocos días la niña, sintiendo la nostalgia de su casa, dice a su prima:

—Haz el favor de pegarme un sello en la frente y mándame a casa en el tren.

439.—La riqueza de Salomón

—Mamá, yo no creo que Salomón fuese tan rico como dicen.
—¿Por qué?—pregunta la madre, asombrada.
—Porque dicen que dormía con sus padres, y, sí hubiese sido rico, hubiera tenido una cama para él solo.

440.—Hechos y derechos

Un vecino pregunta a una linda niña:
—¿Te gustaría mi hijo para novio?
—No—responde rápidamente aquella—; a mí me gustan los hombres hechos y derechos.

441.—Un equivocado

Un muchacho lee en un periódico el menú con que ha sido obsequiado en Melbourne cierto personaje, y entre los postres cita "fresas a la crema". Cuando el niño ve que la comida se ha celebrado en diciembre, exclama:

—¡No hay duda: yo he nacido en un lugar equivocado del mundo!

442.—La salida del bigote

Una dama, que tenía sobre su labio superior algo muy semejante a un bigote, llegó a casa de unos amigos que tenían un niño de cinco años. En el curso de la conversación se le ocurrió preguntar al pequeñuelo:

—Dime, mamá, ¿qué debo yo hacer para que me salga el bigote?

—Frotar tu labio superior con el bigote de tu padre.

—¡Entonces—responde el niño—, por eso tiene bigote esta señora!

443.—La sortija

Luisita, de tres años, jugando con la sortija de su tía, la pierde. Ambas la buscan inútilmente, hasta que, cansada la niña de no dar con ella, exclama:

—¡Tía, vamos a llorar!

444.—Oyendo a Emerson

Emerson, en una conferencia pública que dió en Nueva York, afirmó:

—Nosotros comemos gas, bebemos gas, pisamos gas y somos gas.

Al oír esto un jovenzuelo exclamó: —¡Pues es una vergüenza que vaya el gas tan caro!

445.—Ideas antiguas

Una madre y su hija de diez años discuten sobre modas, y le dice la niña:

—¿Cómo puedes discutir de modas, mamá, si tus nociones sobre la materia son antiguas? Yo frecuento constantemente la sociedad, y puedo asegurarte que las jóvenes visten todas de esta manera.

446.—La reservada

—¿Quién te ha dado ese caramelo?—pregunta una madre a su hija.

—Don Pedro—.contesta.

—¿Y se lo has agradecido?

—Se lo he agradecido—responde el muchacho—; pero no se lo he dicho.

447.—El postre

—Dice mamá que no es de buena educación el que los niños pidan postre, pero—dice el pequeñuelo a su tía—mamá no dice que yo no deba comerlo si me lo dan.

448.—El polvo

Al ser preguntada una niña: ¿Qué es polvo?, respondió:
—Barro en espíritu.

449.—Los dientes

Un muchacho es enviado a avisar a un amigo para que acuda a comer. Cuando llega el chico, encuentra al invitado limpiándose los dientes.
Al volver a casa le pregunta su amo:
—¿Ha dicho que venía?
—Sí, señor; estaba afilándose los dientes.

450.—Por estar sola

La madre ordena a su hija que vaya al prado y traiga la vaca a casa.
A su regreso, por saltar un cercado, innecesariamente, sufre la niña una caída, por lo que llega a presencia de su madre llena de arañazos y de rozaduras.
—¿Has llorado al caerte?—pregúntale la madre.
—No—responde la niña—; ¿para qué iba a llorar si no me vió nadie?

451.—Economía

Un niño da la siguiente definición sobre la palabra "Economía":
"Pelar delgadas las patatas,"

452.—El alfiler

El maestro pone como tema para composicion "El alfiler". Uno de los muchachos escribe:
"Los alfileres son muy útiles. Han salvado la vida a muchos hombres, mujeres y niños; es decir, a muchas familias."
El profesor, asombrado al leer esto, pregunta al autor:
—¿Y cómo esos pequeños instrumentos han podido salvar la vida a tantas personas?

—Porque no se los han tragado.

453.—La ambiciosa

—¡Qué ambiciosa eres!—dice una niña a otra que elige la mayor manzana que hay en el frutero—. ¡Yo iba a coger ésa!

454.—El que quería ser francés

—¡Quisiera ser francés!—dice un niño a su madre.
—¿Por qué?
—Porque así hablaría dos lenguas.
—¿Cómo puede ser eso?
—Ya sabes que ahora hablo español; pues siendo francés, hablaría los dos idiomas.

455.—El enfurruñado

Un muchachito de cuatro años está enfurruñado porque su madre le niega una propina, y, adoptando una expresión de gravedad, le dice:
—Mamá, ¿has sido niño alguna vez?

456.—El barro humano

Los niños hacen preguntas muy curiosas. Un pequeñín llega a casa del colegio, y entabla con su madre el siguiente diálogo:
—Mamá, dice el profesor que la gente está hecha de barro.
—Eso es lo que dice la Historia Sagrada.
—Bien, mamá; pues si la gente blanca está hecha de barro, creo que la gente negra estará hecha de carbón, ¿no?

457.—El hombre gordo

Un muchacho imprudente dícele a un caballero extremadamente grueso, que trata de caminar de prisa:
—Más le vale a usted echarse largo en el suelo y yo le iré dando vueltas.

458.—Una respuesta sabia

—¿Por qué no coges algunas peras de ese árbol?—le dice un niño a otro—. No hay nadie que pueda verte.

—Pero me veo yo; y yo no quiero verme nada que esté mal hecho—fue la sabia respuesta del niño.

459.—El cojo

La profesora, en clase, dice a sus discípulos: —Un cuadrúpedo es un animal con cuatro patas, un bipedo tiene dos solamente. Por eso el hombre es bípedo.

Un niño le interrumpe:

—Pero si un hombre no tiene más que una pierna, porque es cojo, ¿qué es?

460.—La madre, mejor

—El hombre honesto es la mejor obra de Dios☐dice un caballero.

Un niño de cinco años que le escucha, replica:

—Eso no es cierto; mi madre es mejor.

461.—La que no quería ser pequeña

Una pequeñuela vuelve a su casa de una reunión, y, al ser preguntada por su madre sobre si se ha divertido, contesta:

—Estoy muy complacida; nada podría complacerme más que el poder crecer.

462.—Los representados

Un niño encuentra en un paseo a un matrimonio, amigo de sus padres, y la señora, ya entrada en años, le pregunta:

—¿Cuántos años tienes, hijo mío?

—Yo tengo once años, señora, ¿y usted?

—Yo tengo los que represento☐contesta ella. A lo que el muchacho añade:

—¡Tanto como eso!

463.—La sonrisa forzada

Una madre lleva a su niño a casa del fotógrafo, pero el chiquillo, encaprichado con un juguete que no le han comprado, al verse delante del objetivo no encuentra la sonrisa que su madre quisiera verle brillar entre los labios.

La madre, impaciente, le increpa:

—¿Tendré que darte un sopapo para hacerte sonreír?

464.—El sacamantecas

Preguntaba un gran señor a dos niños hermanos, sobre la decisión que cada uno adoptaría si el sacamantecas de aquellos contornos quisiera agredir a su mamita. Uno, el más impetuoso, respondió sin vacilación:

—Lo mataría.

El otro, menos repentino, contestó diciendo:

—Trataría de convencerle para que no fuese malo; pero si no me hiciese caso e insistiera en hacer daño a mamá, lo mataría.

465.—Terminación consonante

Una niña dice muy satisfecha, a otra compañerita de clase:

—¡Mi abuelita es centenaria!

La otra le responde:

—¡La mía es millonaria!

466.—En un examen

—Vamos a ver, ¿qué puede usted decirme de la China?

—De eso, nada, señor profesor. Mi papá me ha dicho que no me meta nunca en lo que no me importa.

467.—El traje nuevo

Al ver acercarse a su chiquillo con las ropas destrozadas, la madre le increpa diciendo:

—¿No te había dicho que no volviera a verte con el traje viejo?

—¡Pero, mamá, si es el nuevo!

468.—El elefante

—¿Dónde se encuentra el elefante?—le preguntan a un niño en el colegio. A lo que el muchacho responde:

—El elefante es un animal tan grande que casi nunca se pierde.

469.—Por diez céntimos

Un matrimonio pesa a su niño en una báscula del "Metro".

—¡Sólo pesas treinta kilos! ¡Es muy poco!

El muchachito contesta:

—Y ¿qué quieren ustedes por diez céntimos?

470.—Futuro de "bostezar"

—¿Cuál es el futuro del verbo "bostezar"?—le pregunta el maestro a Juanito, niño de nueve años.
—¡Dormir!

471.—El sacrificado

—¿No te da vergüenza ser el último de la clase?
—¡Alguno tiene que sacrificarse!

472.—El mismo caso

Al salir de la Academia Española, un académico pretende leer un cartel que han pegado en la pared del edificio, pero como advierte haberse olvidado de los lentes, a un chicuelo que juega por allí le dice:
—Pequeño, ¿quieres leerme lo que dice ese papel?
—Perdón—contesta el muchacho—.Estoy en el mismo caso que usted... Yo tampoco sé leer.

473.—El hijo del calvo

Un niño, que acaba de leer una novela de aventuras, al ver a su papá, que luce una completa calvicie, le dice:
—Papá, ¿qué tribu de pieles rojas fue la que te arrancó a ti la cabellera?

474.—Petición extraña

Una niña, después de rezar por la salud de sus padres, de sus hermanos y de sus abuelos, termina su rezo diciendo:
—Además, Dios mío, haced que el Nilo pase por Constantinopla.
Sorprendida la madre por tan extraña petición, pregunta a su hija por qué la hace, a lo que la niña responde:
—Porque lo he puesto así, esta mañana, en mi cuaderno de geografía, y quisiera no haberme equivocado.

475.—La edad del niño

Mientras la madre cose, Enriqueta, niña de ocho anos, alcanza el periódico y se pone a leer. De pronto encuentra algo que lee en voz alta. Es la noticia de que un señor de ochenta años se ha casado con una mujer de cincuenta y siete, y que el matrimonio ha tenido un niño.

Entonces, Enriqueta pregunta:
—Oye, mamá: ¿qué edad tendrá el niño?

476.—El burro

—He venido a ver el burro que tenéis en venta—dice un hombre a un pequeñuelo que corretea junto a la puerta de su casa.
—¡Padre—grita el chiquillo—, aquí le buscan a usted!

477.—Por falta de tiempo

—¿Qué has hecho?—grita la madre a su hijo, niño de siete años, viéndole llegar con el pantalón completamente sucio—.¿Dónde te has metido, desastrado?
—Me he caído al suelo, y había mucho barro— contesta el muchacho.
—¡Con el pantalón nuevo!—exclama la madre. Y el niño, todo confuso, responde:
—¡No me dió tiempo de quitármelo!

478.—Caros estudios

Un padre reconviene a su hijo, poco inclinado a los libros, diciéndole:
—Tus estudios me cuestan muy caro, hijo mío.
A lo que el niño responde:
—¡Pues yo procuro estudiar lo menos posible!

479.—La ternera y la vaca

Una niña madrileña vió cierto día, estando de veraneo por tierras de Galicia, que una ternera chupaba la ubre de una vaca. Dirigiéndose a su mamá, preguntó:
—Mamá, esta vaca ¿es la madre de la ternera o es sólo su nodriza?

480.—La risa de Dios

Un padre asiste con su hijo, niño de ocho años, a una sesión de cine, en la que se proyecta una película cómica en que toma parte el artista Buster Keaton. Padre e hijo se ríen mucho con el programa, y el niño pregunta:
—Oye, papá: cuando Buster Keaton se muera, ¿irá al cielo?
—Claro que sí—responde el padre.
—¡Cómo se va Dios a reír!—exclama el niño entonces.

481.—Desconocidos

—Vamos a ver, Pilarín—dice la maestra—, ¿puedes decirme a qué familia pertenece el gorila?

—No, señora; nosotros sólo llevamos un mes en el nuevo piso, y no conocemos todavía a ningún vecino de la casa.

482.—Matanza lógica

—Mamá, ¿por qué matan los hombres a los leones y a los tigres?

—Porque se comen las ovejas y matan a los corderos.

—Entonces, mamá, ¿cómo no matan también a los carniceros?

483.—Prueba de confianza

—Mamá—dice Luisito, rapaz de ocho años—, ¿crees que me he portado bien durante toda la semana?

—Sí, hijo mío, te has portado bien.

—Entonces, ¿tienes confianza en mí?

—Claro está que sí.

—¿Completa?

—Completa.

—Entonces, si tienes completa confianza en mí, ¿quieres decirme dónde has puesto la caja de los caramelos?

484.—El que va detrás

A la puerta de un hotelito, en una carretera, un niño de cinco años ve pasar un grupo de ciclistas, que toman parte en una carrera de campeonato.

A los pocos minutos, el niño ve cruzar, jadeante, a otro carrerista rezagado, y entonces pregunta a su papá:

—¿Por qué no esperan los otros a éste, para que fuesen todos juntos?

485.—Antes del bautismo

Carlos y Luisa, dos niños de seis y cinco años, respectivamente, juegan en el jardín de su casa, persiguiéndose.

De repente Luisa se detiene, y dice a su hermano:

—¡Sabes, Carlos, que me hubiera gustado mejor ser chico!

Carlos se encoge de hombros, y exclama displicente:

—¡A buena hora!... Eso debieras haberlo dicho antes de que te bautizaran.

486.—Razón que convence

La madre.—¿Por qué no tienes más cuidado Miguel, con tus juguetes? Mira a tu hermana, rompe la mitad que tú.

Miguel.—Sí, pero es que a mí me compran dobles juguetes que a ella.

487.—Efecto de óptica

Eulalia, niña de ocho años, es tan golosa, que siempre que come pasteles va a situarse delante de un espejo. Interrogada de por qué hace aquello, contesta:

—Porque así me parece que me como dos.

488.—Lo positivo

Al hijo de un pintor poco favorecido por la inspiración y por el destino, le pregunta una señora, visita de la casa:

—¿Qué, quieres ser artista, como tu papá?

—No, yo quiero ganar dinero—contesta el muchacho chacho.

489—Curiosidad infantil

Dos niños contemplan, a través de una vidriera, los efectos de luz en el cielo durante una tormenta. El mayorcito, de unos ocho años, le dice al otro:

—¡Quisiera yo saber de qué eran los relámpagos antes de que inventasen la electricidad!

490.—El hipopótamo

—¿Por qué pegas a ese niño?

—Es que me llamó hipopótamo hace un mes.

—¿Y ahora te acuerdas?

—¡Claro, como que hasta hoy no había yo ido a la casa de fieras!

491.—El voceador

Un caballero, que acaba de comprar a un muchacho un periódico, por haberle oído vocear un suceso, vuelve al vendedor y le dice:

—¿En dónde demonios está ese asesinato a hachazos que voceas?

—En Alemania.

492.—Razón de peso

—¿De modo que te mando por una botella de cerveza, y te bebes la mitad?—dice un padre a su hijo.

—Es que pesaba mucho—contesta el muchacho.

493.—Otra razón

—Si vieras qué buena serías, si jugases sin meter tanto ruido—dice la madre a su hija.

—¡Pero me divertiría menos!—contesta la niña.

494.—El rencor

A poco de verse Antoñito castigado por su madre, por sus travesuras constantes, llega a la casa una señora amiga de su mamá, que, encontrándose al niño, le pregunta:

—¿Quieres mucho a tu mamá?

—Sí, algunas veces—responde Antoñito, pensando en la regañina reciente.

495.—Las gibas del camello

En la casa de fieras, viendo un niño de cinco años las gibas del camello, preguntó a su mamá:

—Oye, mamá: ¿es que el camello se ha caído?

496.—El despeinado

En el colegio, la maestra, al ver lo despeinado que llega Luisito, criatura de cinco años, le dice:

—¿Por qué no te has pasado el cepillo por la cabeza?

—Porque no tengo cepillo.

—Haber cogido el de tu papá.

—No tiene tampoco cepillo.

—Entonces, ¿con qué se aplasta el pelo?

—No tiene pelo.

497.—El paraguas

Está lloviendo a mares, cuando el padre de Juanito regresa a su casa. Deja el paraguas, cerrado, en el cuarto de baño, y a poco entra en él Juanito, de cinco años, y empieza a llamar a sus hermanos:
—¡Mirad, el paraguas de papá está haciéndose pis!

498—El solitario

—¿Cómo se llama tu hermanito?—pregunta un niño en el colegio, a su compañero de banco.
—No tengo hermanito.
—¿Y tu hermanita?
—Tampoco tengo hermanita.
—Entonces, ¿con quién riñes cuando juegas?

499.—Las tijeras

—Dice mamá que si la deja usted sus tijeras.
—Pero ¿no tiene tu madre tijeras?
—Sí; pero ahora tiene que cortar un cartón muy fuerte, y teme que se le estropeen.

500.—A B

Un día un niño, sentado junto al escaparate de una tendera, gritaba con todas sus fuerzas. La mujer, importunada con sus gritos, le dijo:
—¿Por qué gritas?
—Porque quieren hacerme decir A.
—¿Y por qué no quieres decir A?
—Porque tan pronto como haya dicho A, querrán hacerme decir B.

FIN

EL CRÍTICO y EDITOR - Juan Bautista Bergua

Juan Bautista Bergua nació en España en 1892. Ya desde joven sobresalió por su capacidad para el estudio y su determinación para el trabajo. A los 16 años empezó la universidad y obtuvo el título de abogado en tan sólo dos años. Fascinado por los idiomas, en especial los clásicos, latín y griego, llegó a convertirse en un célebre crítico literario, traductor de una gran colección de obras de la literatura clásica y en un especialista en filosofía y religiones del mundo. A lo largo de su extraordinaria vida tradujo por primera vez al español las más importantes obras de la antigüedad, además de ser autor de numerosos títulos propios.

Su librería, la editorial y la "Generación del 27"

Juan B. Bergua fundó la Librería-Editorial Bergua en 1927, luego Ediciones Ibéricas y Clásicos Bergua. Quiso que la lectura de España dejara de ser una afición elitista. Publicó títulos importantes a precios asequibles a todos, entre otros, los diálogos de Platón, las obras de Darwin, Sócrates, Pitágoras, Séneca, Descartes, Voltaire, Erasmo de Rotterdam, Nietzsche, Kant y los poemas épicos de La Ilíada, La Odisea y La Eneida. Se atrevió con colecciones de las grandes obras eróticas, filosóficas, políticas, y la literatura y poesía castellana. Su librería fue un epicentro cultural para los aficionados a literatura, y sus compañeros fueron conocidos autores y poetas como Valle-Inclán, Machado y los de la Generación del 27.

El Partido Comunista Libre Español y las amenazas de la izquierda

Poco antes de la Guerra Civil Española, en los años 30, Juan B. Bergua publicó varios títulos sobre el comunismo. El éxito, mucho mayor de lo esperado, le llevó a fundar el Partido Comunista Libre Español que llegaría a tener mas de 12.000 afiliados, superando en número al Partido Comunista prosoviético oficial existente. Su carrera política no duró mucho después que estos últimos le amenazaran de muerte viéndose obligado a esconderse en Getafe.

La Censura, quema de libros y sentencia de muerte de la derecha

Juan B. Bergua ofreció a la sociedad española la oportunidad de conocer otras culturas, la literatura universal y las religiones del mundo, algo peligrosamente progresivo durante esta época en España.

En el 1936 el ejército nacionalista de General Franco llegó hasta Getafe, donde Bergua tenía los almacenes de la editorial. Fue capturado, encarcelado y sentenciado a muerte por los Falangistas, la extrema derecha.

Mientras estuvo en la cárcel temiendo su fusilamiento, los falangistas quemaron miles de libros de sus almacenes por encontrarlos contradictorios a la Censura, todas las existencias de las colecciones de la Historia de Las Religiones y la Mitología Universal, los libros sagrados de los muertos de los Egipcios y Tibetanos, las traducciones de El Corán, El Avesta de Zoroastrismo, Los Vedas (hinduismo), las enseñanzas de Confucio y El Mito de Jesús de Georg Brandes, entre otros.

Aparte de los libros religiosos y políticos, los falangistas quemaron otras colecciones como Los Grandes Hitos Del Pensamiento. Ardieron 40.000 ejemplares de La Crítica de la Razón Pura de Kant, y miles de libros más de la filosofía y la literatura clásica universal. La pérdida de su negocio fue un golpe tremendo, el fin de tantos esfuerzos y el sustento para él y su familia...fue una gran pérdida también para el pueblo español.

PROTEGIDO POR GENERAL MOLA Y EXILIADO A FRANCIA

Cuando General Emilio Mola, jefe del Ejército del Norte nacionalista y gran amigo de Bergua, recibe el telegrama de su detención en Getafe intercede inmediatamente para evitar su fusilamiento. Le fue alternando en cárceles según el peligro en cada momento. No hay que olvidar que durante la guerra civil, los falangistas iban a buscar a los "rojos peligrosos" a las cárceles, o a sus casas, y los llevaban en camiones a las afueras de las ciudades para fusilarlos.

–El General y "El Rojo"–Su amistad venia de cuando Mola había sido Director General de Seguridad antes de la guerra civil. En 1931, tras la proclamación de la Segunda República, Mola se refugió durante casi tres meses en casa de Bergua y para solventar sus dificultades económicas Bergua publicó sus memorias. Mola fue encarcelado, pero en 1934 regresó al ejército nacionalista y en 1936 encabezó el golpe de estado contra la República que dio origen a la Guerra Civil Española. Mola fue nombrado jefe del Ejército del Norte de España, mientras Franco controlaba el Sur.

Tras la muerte de Mola en 1937, su coronel ayudante dio a Bergua un salvoconducto con el que pudo escapar a Francia. Allí siguió traduciendo y escribiendo sus libros y comentarios. En 1959, después de 22 años de exilio, el escritor regresó a España y a sus 65 años comenzó a publicar de nuevo hasta su fallecimiento en 1991. Juan Bautista Bergua llegó a su fin casi centenario.

Escritor, traductor y maestro de la literatura clásica, todas sus traducciones están acompañadas de extensas y exhaustivas anotaciones referentes a la obra original. Gracias a su dedicado esfuerzo y su cuidado en los detalles, nos sumerge con su prosa clara y su perspicaz sentido del humor en las grandes obras de la literatura universal con prólogos y notas fundamentales para su entendimiento y disfrute.

Cultura unde abiit, libertas nunquam redit.
Donde no hay cultura, la libertad no existe.

LA CRÍTICA LITERARIA

www.LaCriticaLiteraria.com

Todo sobre literatura clásica, religión, mitología, poesía, filosofía...

La Crítica Literaria es la librería y distribuidor oficial de Ediciones Ibéricas, Clásicos Bergua y la Librería-Editorial Bergua fundada en 1927 por Juan Bautista Bergua, crítico literario y célebre autor de una gran colección de obras de la literatura clásica.

Nuestra página web, LaCriticaLiteraria.com, es el portal al mundo de la literatura clásica, la religión, la mitología, la poesía y la filosofía. Ofrecemos al lector libros de calidad de las editoriales más competentes.

Leer los libros gratis online

www.LaCriticaLiteraria.com

La Crítica Literaria no sólo está dedicada a la venta de libros nacional e internacional, también permite al lector la oportunidad de leer la colección de Ediciones Ibéricas gratis online, acceso gratuito a más que 100.000 páginas de estas obras literarias.

LaCriticaLiteraria.com ofrece al lector un importante fondo cultural y un mayor conocimiento de la literatura clásica universal con experto análisis y crítica. También permite leer y conocer nuestros libros antes de la adquisición, y tener la facilidad de compra online en forma de libros tradicionales y libros digitales (ebooks).

Colección La Crítica Literaria

Nuestra nueva **"Colección La Crítica Literaria"** ofrece lo mejor de los clásicos y análisis de la literatura universal con traducciones, prólogos, resúmenes y anotaciones originales, fundamentales para el entendimiento de las obras más importantes de la antigüedad.

Disfrute de su experiencia con nosotros.

www.LaCriticaLiteraria.com